박인옥 화가의 그림 에세이집

희망을
노래하는
파랑새이고
싶어라

희망을 노래하는 파랑새이고 싶어라

초판 1쇄 인쇄   2013년 11월 15일
초판 1쇄 발행   2013년 11월 20일

지은이   박 인 옥
펴낸이   손 형 국
펴낸곳   (주)북랩
출판등록   2004. 12. 1(제2012-000051호)
주소   153-786 서울시 금천구 가산디지털 1로 168,
          우림라이온스밸리 B동 B113, 114호
전화번호   (02)2026-5777
팩스   (02)2026-5747

ISBN   979-11-5585-077-0 03810(종이책)
       979-11-5585-078-7 05810(전자책)

이 도서의 국립중앙도서관 출판시도서목록(CIP)은 서지정보유통지원시스템 홈페이지(http://seoji.ni.go.kr)와
국가자료공동목록시스템(http://www.ni.go.kr/kolisnet)에서 이용하실 수 있습니다.
(CIP제어번호 : 2013023428)

박인옥 화가의 그림 에세이집

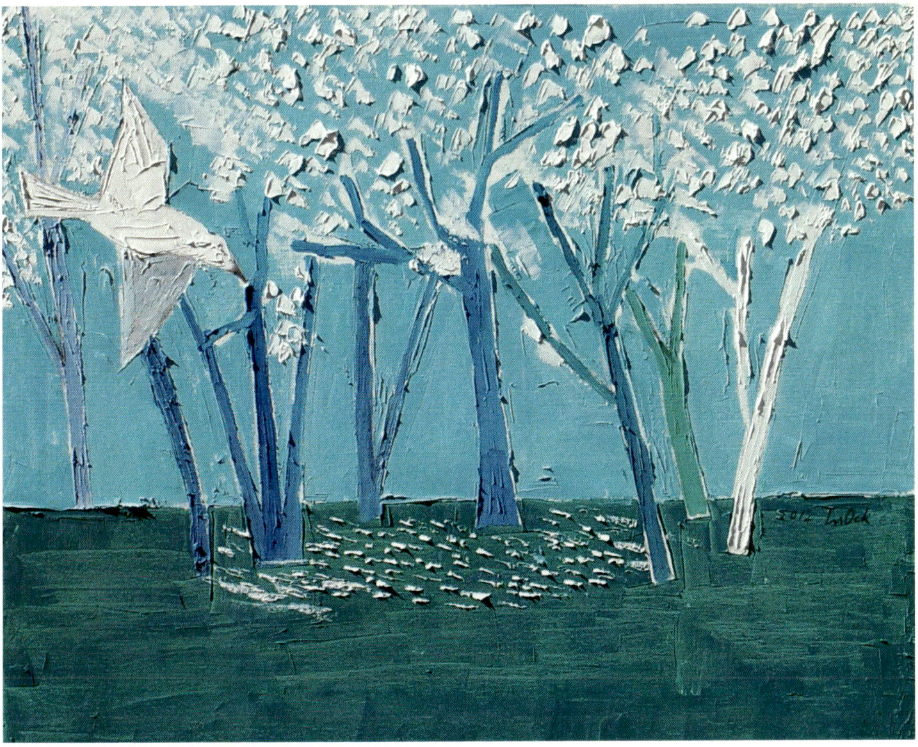

희망을
노래하는
파랑새이고 싶어라

박인옥 글·그림

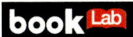

서 문

얼마 전 '아침마당'에 출연하신 걸어서 국토 횡단을 하신 70이 넘으신 어느 할머니가 돌아가신 친정어머니가 노년에 쓰신 일기를 읽으며 "어머니가 너무 외로우셨나 보다."며 눈물을 흘리셨다. 또 초등학교 교사 시절 돈 봉투가 없어졌을 때 한 남자아이를 의심했는데 몇 년 후 책 속에서 그 봉투가 나왔다며 정말 미안한 마음을 표현했다. 그 머나먼 길을 걷고 또 걷다가 "하나님, 제가 잘못한 일이 너무 많아요." 라고 참회한다는 그 내용이 가슴 깊이 다가왔다.

나 역시 나이 50이 넘었으나 해놓은 일도 제대로 없고 나의 역할도 제대로 감당하지 못하는 것 같아 부끄러울 뿐이다. 아내로서 엄마로서 딸로서 며느리로서 그리고 화가로서 신앙인으로서 그 어느 것 하나 내세울 것 없는 부족한 인생이지만 그 모습을 있는 그대로 글로 책으로 내는 이유가 있다. 연세가 94세이신 친정아버지께서 소천하시기 전 딸이 쓴 책을 읽으시고 혹시라도 그동안 딸을 여기까지 인도하신 하나님을 영접하시고 그 신앙을 어머니께도 권유하시며 여생을 건강하게 지내시며 하나님 안에서 신앙생활을 하시게 되는 기적이 일어나기를 간절히 바라는 마음으로 부끄러운 글 모음을 책으로 엮어 본 것이다.

'아침마당'에 출연하신 할머니처럼 나도 때로는 걸으며 그림을 그리며 때로는 기도하며 절망하며 희망하며 슬퍼하다가 기뻐하며 울다가 웃으며 참회의 기도가 감사의 기도로 바뀐 나의 부끄러운 삶을 조심스럽게 세상에 내어 놓는다.

이런 책이 나올 수 있도록 인도하신 하나님께 감사드리고 내 곁을 지켜주는 동역자인 남편 강수택 교수와 나에게 항상 살아갈 이유와 희망이 되어주는 두 딸 예랑, 예솔에게도 고맙고 네 분의 부모님께도 감사드린다. 늘 좋은 생각에 이르도록 훌륭한 설교로 깨달음을 주시는 주님의 교회 목사님께도 그리고 함께 신앙생활을 해 나가는 교회 성도들께도 감사드린다. 그리고 부족한 글을 나의 첫책으로 세상에 내어주시느라 수고하신 출판사 북랩 모든 직원들께도 감사의 말을 전하고 싶다.

(이 책을 작년에 출간하고 싶었으나 그렇게 하지 못했고 원고를 병원에 계신 친정 아버지께 보여 드렸을 때 원고를 단숨에 다 읽으시고는 "이것을 꼭 책으로 내도록 해라." 하고 말씀하셨다. 아버지는 떠나시기 몇 개월 전 주님을 영접하시고 2013년 8월 5일 소천하셨다. 이제 고인이 되셨지만 천국에 계시는 아버지께 이 책을 가장 먼저 드리고 싶다.)

아버지께 올리는 편지

아버지!

불러도 대답이 없는 아버지.

그래도 하루에도 수십 번씩 아버지를 불러봅니다.

더 이상 아픔도 없고 눈물도 없는 천국에서 편안하게 계시리라 믿습니다.

아버지는 정말 훌륭한 분이셨습니다. 어머니에게 있어서도 멋진 남편이셨습니다. 이 세상 많은 부인들이 남편이 속 썩인다고 주장하는데 아버지는 어머니를 애먹인 일도 없고 싫은 소리 하신 적도 없으십니다. 최근에 기력이 쇠하셔서 주무시는데 자꾸 깨운다고 화내신 것 외에는 화도 잘 안 내신 줄 알고 있습니다.

우리는 하루에도 여러 번 화도 내며 살아가고 있는데 아버지는 어떻게 그렇게 선하게 사셨는지요. 부족한 저희, 아버지의 그 인격을 본받아 살아가겠습니다.

아버지는 우리 자녀들에게도 자상한 아버지이셨습니다.

93세가 되시도록 감기조차 안 걸리고 그렇게 건강하게 지내시며 우리 자식들에게 걱정 하나 안 끼치셨던 아버지.

작년부터 편찮으셔서 전화를 드리면 "아버지다! 아버지는 괜찮다. 너희들 모두 건강하도록 해라." 하시며 편찮으신 중에도 늘 그렇게 말씀하셨습니다.

얼마 전, 제 개인전 때도 사람들이 작품 보러 많이 오냐고 물어주시고 "우리 딸 파이팅!"을 외쳐주시던 아버지의 목소리가 귓가에 쟁쟁합니다.

이제 더 이상 아버지의 그 목소리를 들을 수 없음을 생각하니 또다시 눈물이 납니다. 장례식 때 다 울었다고 생각했는데

집에 와서도 계속 눈물이 납니다.

계속 우시는 어머니 앞에서는 아버지는 좋은 곳에서 편히 쉬고 계시니 어머니가 기운 차리시고 건강하셔야 한다고 마치 우리는 씩씩한 척했는데 혼자 있는 시간이면 눈물이 하염없이 흐릅니다.

20년 가까운 세월을 고등학교 영어 교사로 계시며 6남매 중 하나라도 영문과에 진학하기를 원하시고 나에게도 그렇게 권하셨는데 아버지 말씀 안 듣고 저는 미술대학으로 진학했네요.

어머니께도 늘 신문도 읽어주시고 소설책도 읽어주시는 자상한 남편이셨고, 애들이 많으니 다 데려갈 수도 없고 하여 두 분만 영화도 보시고 외식도 하시기도 한 아버지는 어머니께 로맨틱한 남편이셨습니다. 연세가 드시고 나서는 어머니의 일등 비서이기도 했습니다.

명절에는 멀리서 온 며느리 더 자라고 살금살금 부엌으로 가서서

밥을 해 놓으시는 시아버지셨습니다.

어머니께 너무도 훌륭한 남편이셨기에 어머니께서 홀로 되셔서 더 힘들어 하시는 것 같습니다.

아버지, 어머니가 강하게 잘 이겨내실 수 있도록 힘을 주십시오. 평생 거짓말 한 번 안 했는데 천당 갈 때 같이 가자 해놓고 혼자 가셨다고 거짓말을 했다며 어머니는 우시고 또 우십니다.

화장터에서도 "보소, 보소, 어디를 혼자 가요? 나 혼자 어찌 살라고……. 한 마리 새가 되어 좋은 곳에 앉으세요." 하시며 아버지를 힘들게 보내어 드리는 어머니를 보고 우리는 모두 흐느껴 울었습니다. 어머니께 늘 손과 발이 되어 주시던 아버지 없이 우리 어머니 이제 어떡하나 걱정도 되었습니다.

우리 주님의 교회와 일산 동안교회. 그래도 교회에 몇 번이라도 오셔서 예배도 함께 드려 주심 감사합니다. 작은오빠와 새언니를 통해 영접기도도 하시고 입으로 시인하심도 감사합니다.

마지막이라도 두 분 모시고 와서 지내며 세례도 받게 해드리지 못하여 죄송합니다. 교회에 수십년을 다녀도 저를 비롯한 많은 사람들이 인격적으로 변화되기가 힘든데…… 비록 신앙생활을 교회에서 오래 하시지 않으셔도 온유와 인자하심을 겸비하시고 훌륭한 삶을 살다 가신 아버지를 존경합니다.

저희 6남매도, 손자 손녀들도 하는 일들에 큰 열매 맺도록 하늘나라에서 기도하시며 우리를 지켜주십시오.

지금은 우리 모두 슬픔 중에 있지만 아버지의 훌륭한 삶을 이어

받아서 열심히 살겠습니다. 이 사회에서 꼭 필요한 사람이 되도록 노력하겠습니다. 더 효도하지 못하여 죄송합니다.

아버지는 제 마음속에 영원히 살아계십니다. 어머니의 마음속에도 우리 자녀들의 마음속에도 영원히 살아 계십니다. 그동안 95년간 이 땅에서의 삶을 사시느라 고생 많으셨습니다.

수고하셨습니다, 아버지.

6남매에다 손자 손녀까지, 때로는 나라 걱정까지 그 많은 걱정과 염려는 이제 다 내려놓으시고 편히 쉬십시오. 눈물도 없고 사망도 없는 그곳 천국에서 먼 훗날 다시 만날 때까지 편히 계십시오.

2013년 8월
사랑하는 막내딸 인옥 올림

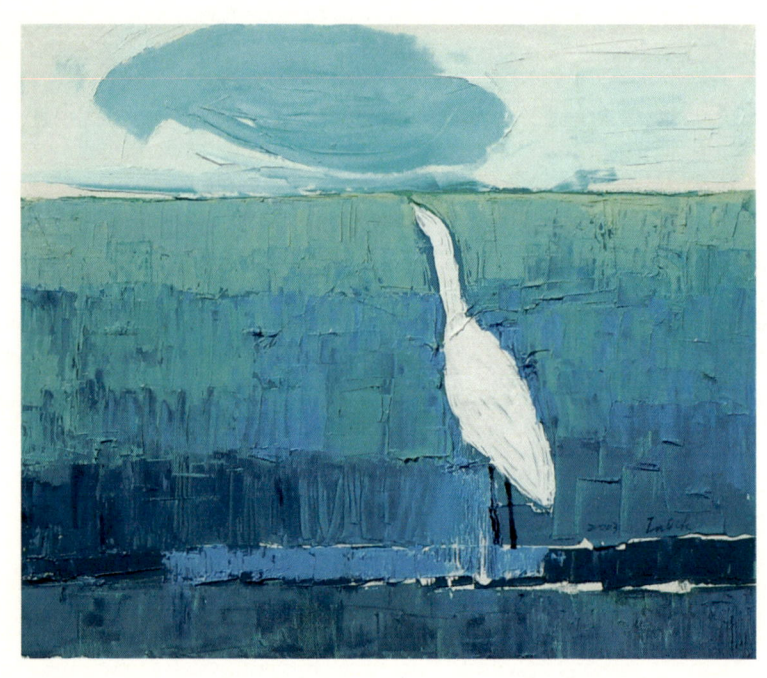

〈하늘 소망, 2003, Oil on Canvas, 10호〉

나의 친정아버지는
내 마음속에
영원히 살아계십니다

   친정아버지를 천국에 먼저 떠나보내고 나니 이 땅에서 낙이 없습니다. 살아가기 위해서 밥을 먹고 잠도 자지만 눈을 뜨면 아버지의 음성이 귓가에 쟁쟁합니다.

   얼마 전 5월에 제가 개인전을 열 때 전화로 "멀어서 가 보지도 못하고 미안하다. 작품보러 사람들 많이 와야 할텐데…… 우리 딸 파이팅!" 하시던 목소리를 더 이상 들을 수 없음이 참으로 슬픕니다.

   나는 막내딸이라 전화를 자주 드리는 편이었는데 93세까지 건강하시던 아버지께서 작년부터 넘어지시고 나서 병원 중환자실에 계신 적도 있었고, 어머니께서 다리를 다치셔서 수술하실 때 어머니 병문안 가시다가 태풍 때 넘어지신 적도 있습니다. 그래도 워낙 건강하셨기에 고맙게도 금방 회복하셨습니다. 그래서 이번에도 119로

병원에 가시고 병원에서 연세도 너무 높으시니 집으로 가시는 것보다는 요양병원으로 가심이 어떨지, 하고 의사가 권하여 요양병원에 가시게 되었습니다. 이번에도 그렇게 지난번처럼 회복하시리라고 믿었는데 결국 돌아오지 않는 곳으로 가셨습니다.

우리 자녀들 마음 준비시키시느라 음력 생신날 네 명의 딸들 다 한자리에 모이게 하시고 우리 안심시키시더니 양력 생신 다음 날 아침 천국으로 가셨습니다.

우리 목사님께서 안식년으로 독일로 떠나시던 날 예배 시간에 "목사님 안식년 마치고 오실 때까지 우리 아버지 지켜주셔서 목사님 오시면 교회에서 세례도 받으실 수 있게 해주세요." 하고 간절히 기도했지만 아버지는 기다리지 않으시고 먼 길을 떠나셨습니다. 좀 더 건강하실 때 함께 신앙생활 하실 수 있도록 잘 인도하지 못함이 죄송하기만 합니다. 집으로 좀 편안하게 모시지도 못했음이 아쉬움으로 남습니다. 죄송스럽기만 합니다.

그래도 지난 명절에 병원 전도팀장인 우리 새언니 한 권사님께서 두 분께 복음도 전하시고 영접기도도 함께 하시고, 아버지께서 '아멘'으로 화답하셨다고 하니 감사한 일입니다. 저는 그런 줄도 모르고 주위 분들께 계속 아버지 주님 영접하셔야 한다며 기도 부탁을 하곤 했습니다.

아버지를 위해 수필을 썼다고 원고를 보여 드렸을 때 단숨에 다 읽으시고는 이것을 꼭 책으로 내라고 말씀하셨던 그 말씀대로 부족한 저의 글을 책으로 내고자 합니다.

우리 아버지는 어머니와 67년을 함께 사셨는데 거의 화를 내신 적이 없다고 합니다. 우리는 하루에도 여러 번 화를 내기도 하는데 어쩌면 그 긴 세월을 화도 안 내셨는지 정말 훌륭하신 분이셨습니다.

저의 어릴 적에는 책도 많이 읽어 주셨습니다. 어머니께도 하루 일과를 마치고 나면 꼭 신문이나 때로는 소설책도 읽어 주셨습니다. 주부들은 밥 짓고 반찬 만들고 하면 책 읽을 시간이 없다며 신문도 계속 읽어 주시곤 했습니다. 그래서 저의 친정어머니도 시사에 밝은 유식한 할머니가 되셨습니다.

아버지(고 박은열씨)는 연희전문 영문과(지금의 연세대학교)를 졸업하시고 고등학교 영어 교사를 20년 가까이 하셨습니다. 아버지의 남해 고향마을에서는 아버지를 포함하여 두 사람만 대학에 합격했다고 합니다.

계속 교사를 하신 아버지 친구분들은 교장 선생님도 되시고 어떤 분은 교수도 되셨는데 아버지께서는 우리 육 남매 교육시키시느라 교사를 하시면서 동시에 부업으로 서점을 시작 하셨습니다. 나중에는 사업과 교직 생활을 병행하기가 힘드셔서 학교에 사표를 내셨습니다. 아버지께서 고학 시절 책이 없어서 서러웠던 것을 기억하며 내 자녀들은 책을 마음껏 읽을 수 있도록 해야겠다며 서점을 시작 하셨다고 합니다.

그렇게 하셔서 육 남매 모두 서울에서 명문대학을 졸업시키셨습니다. 나중에는 관광회사도 경영하시고 운수업도 하셨습니다. 교육자이신 분이 사업 체질이 아니라 힘드셨을 텐데 우리에게는 내색하지 않으시고 우리는 걱정할 것 없이 공부만 열심히 하면 된다고 말씀하셨던 것을 기억합니다.

서점을 경영하시다가 IMF 시절 경영난으로 50년 세월의 서점 문을 닫던 날 아버지께서 섭섭하셔서 우셨다고 들었습니다.

저는 막내딸이라서 특별한 사랑을 더 받았던 것으로 기억합니다. 때때로 아버지의 문학적 기지로 원고를 쓰셔서 아동 유괴 사건이 터져서 어린이가 죽었을 때에는 그 넋을 기리는 글로 저는 그 원고를 외워서 누군가 친척들이 우리 집에 오시면 그 추모의 글을 외우게 하셨습니다. 그래서 저는 알게 모르게 저의 의식 속에 정의감이 싹텄을 것입니다.

내가 중학 시절 전교 학생회장 선거에 나갔을 때에도(아버지의 권유로) 그 출마 원고 속에는 성경 구절도 인용하셨습니다.

"지극히 높은 곳에서는 하나님께 영광이요, 땅에서는 하나님이 기뻐하신 사람들 중에 평화로다."(누가복음 2장 14절) 이 성경 구절을 인용하셨습니다. 교장 선생님께서는 연설문이 너무도 훌륭하다고 "한 표 던진다."고 말씀하셨고 아버지의 훌륭한 원고 덕분에 나는 여학생으로는 최초로 전교 회장이 되었습니다.

우리가 독일 유학 시절에는 무려 열 장이 넘는 장문의 편지로 눈시울을 적시게 했습니다. 열심히 공부해서 성공적인 모습으로 귀국해야겠다고 다짐하며 저는 6년 동안 독일에서 한 번도 한국에 나오질 않았습니다. 꼭 학위를 따고 귀국하리라 생각했던 것이지요.

결혼을 한 후에도 성공한 여류 화가에 관한 모든 내용을 신문에서 오려서 잔뜩 가져다주시곤 했고 제가 개인전을 열 때마다 얼마나 기뻐하셨는지……. 그러니 제가 지금도 작품을 열심히 안 할 수가 없습니다. 우리 큰딸을 위해서도 특목고에 관한 그 많은 내용을 스크랩하시기도 하여 가져다주시곤 했습니다.

큰딸인 큰언니를 시집보내고 나서 엉엉 우셨던 아버지. 둘째 언니를 서울예고에 보내고 나서 기차역에서 펑펑 우시던 아버지. 아버지는 울보시고 요즘으로 치면 딸바보였다고 우리 딸들이 장례 중에도 이야기하곤 했습니다.

막내였던 나는 아버지를 졸졸졸 따라다니며 큰언니 시집가고 나서 우시는 아버지께 "아버지, 언니는 좋은 가문에 시집갔으니 이제 걱정 마세요." 하며 위로해 드렸습니다. 둘째 언니 고등학교를 서울로 보내고 우실 때 "아버지, 언니는 고등학생부터 집을 떠났으니 훌륭한 사람 되어 돌아올 겁니다."라고 아버지를 위로해 드리기도 했습니다. 셋째 언니 아버지의 친구분 아드님인 치과의사와 결혼해서 기뻐하실 때 "아버지가 너무 좋아하시니 나도 기뻐요." 했던 것, 작은오빠가 대학에 합격했을 때 "아이고, 이제 되었다."며 박수를 치시던 모습, 오빠들의 좋은 직장을 위해 늘 걱정하시던 아버지의 그 걱정을 보며 나는 커서 무슨 일을 하든 아버지께 걱정이 되지 않고 기쁨이 되는 딸이 되어야겠다며 내 할 일을 스스로 찾아하는 청소년기를 보냈던 것으로 기억합니다.

결혼 후에도 가끔씩 찾아뵐 때 미리 말씀드리면 자꾸 아파트 바깥에 나와서 기다리시곤 하여 하는 수 없이 근처에 가서 전화를 드리기도 했습니다. 작품 하려면 바쁘니 많이 가져가라며 참기름이며 김치며 반찬들을 손수 보자기에, 비닐에 싸주시곤 하여 우리 딸들이 외갓집에 다녀오면 부자가 되는 것 같다고 이야기하기도 하고 막내는 자기도 보자기 하나 들고는 "아이쿠, 이삿짐이다." 했던 것도 기억납니다.

진주에도 고맙게 자주 들러 주셨습니다. 때로는 갑자기 오시면 당황이 되기도 했는데 그것이 바로 부모님의 그리고 아버지의 사랑이었음을 떠나시고 나니 더 절실히 느끼게 됩니다. 우리 집에 오셨을 때 가끔 마치 초등학교 아이들이 아빠에게 낮에 학교서 때린 친구들 고자질하듯 누구누구가 나의 마음을 힘들게 했다고 아버지께 말씀드리면 눈을 감고 가만히 들으시다가 신문을 들고 방으로 가셨던 아버지 모습이 문득 떠오릅니다. 그러면 저는 고자질을 중단하고 아버지한테는 남의 험담이 안 통한다 생각하며 무언으로 가르침을 주신 아버지를 위해 부엌으로 가서 저녁밥을 지었던 것을 기억합니다.

몇 년 전 어느 날은 진주 요양병원에 치매로 입원 중인 친척을 병문안해야 한다며 가지고 오신 전복죽을 가져가서 직접 먹여주신 그렇게 정이 많으신 분이셨습니다. 어머니께는 애처가이셨고 우리 자녀들에게는 자상한 아버지셨습니다.

이제는 더 이상 이 땅에서는 만날 수 없지만 천국에서 편안히 계시며 우리 자손들의 성공과 평안을 빌고 계실 아버지의 자상하신 모습을 기억하며, 영원히 내 맘속에, 우리 맘속에 살아계실 영원한 아버지의 모습을 기리며 이 책을 세상에 내어봅니다. 비록 방송에 소개되는 영웅은 아니시지만 때로는 유명한 분들도 알고 보면 집에서는 알려진 명성에 미치지 못하는 분들도 많은데 우리 아버지는 가정에서나 사회에서나 한결같은 인격으로 훌륭한 삶을 살다가 떠나셨기에 아버지의 삶을 이렇게나마 기리고 싶은 마음입니다.

2013년 8월

차 례

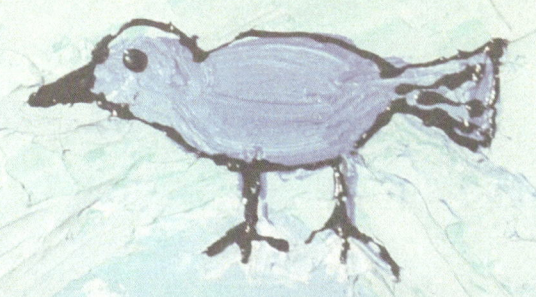

2013 Index

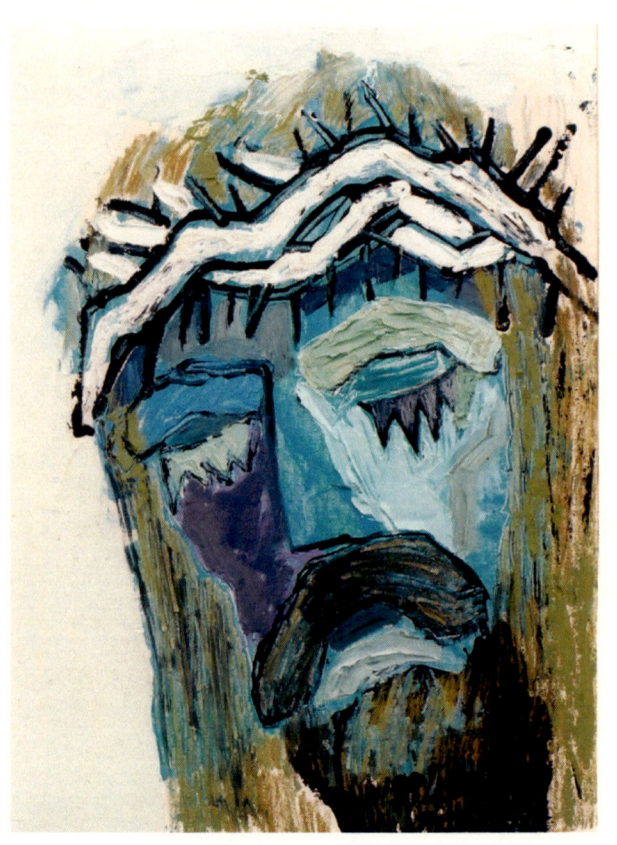

〈예수 그리스도, 1998, Oil on Canvas, 15호〉

희망을 노래하는
파랑새

  최근 작품에 하나의 자그마한 변화가 있다면 여전히 새가 등장하는데 그 새의 색깔이 흰색에서 파랑으로 바뀌었다. 희망을 상징하는 파란색으로 칠하는 이유는 이 세상의 많은 일들이 절망이 아닌 희망으로 바뀌었으면 하는 바람이 강하기 때문이다.

  아직 한참을 공부와 씨름해야 하는 공주님이 둘 있는 나로선 그들에게 늘 "낙심하지 마라. 희망이 있다."라고 이야기해 주고 싶고 94세이신 친정아버지께 "아버지 아프지 마세요. 여생을 건강하게 지내셔야 합니다. 희망을 가지세요."라고 늘 말씀드리고 싶다. 86세이신 친정어머니께도 "어머니, 아프지 마시고 건강하게 오래 오래 사세요."라고 말씀드리고 싶다. 그리고 "두 분 모두 하나님을 믿는 신앙심을 가지고 여생을 사셨으면 좋겠어요."라고 말씀드리고 싶다. 이제 점점 연세가 많아지시는 시부모님께도 "두 분 모두 건강하게 지금처럼 기도생활 하시며 오래 오래 사세요."라고 말씀드리고 싶다.

시어머님께서 검사차 병원에 가셨다가 큰 이상이 없다는 결과가 나왔을 때 나는 뛸듯이 기뻤다.

아버님도 마찬가지로 건강하심이 큰 감사제목이다.

그런데 몇년전 시어머니, 친정 어머니 두분다 편찮으시거나 수술을 하셨을 때에는 차라리 내가 아픈게 나을정도로 마음이 몹시 아팠다.

자식이 아플때 드는 엄마의 마음처럼⋯⋯

100세를 사시는 요즘 노인들을 보며 80세 정도 되신 노인들께 "100세까지 사시려면 아직 20년이라는 시간이 있습니다. 희망을 가지고 긍정적으로 사세요."라고 권하고 싶다. 아직 중년의 시간을 보내고 계시고 대부분의 꿈을 이루어 더 이상 바랄 게 없다는 분들께는 "신앙을 가지세요. 이젠 하나님 안에서 사셔야 희망이 있습니다." 라고 정중히 권하고 싶다. 10대 청소년들과 20대 청년들에게는 너무 힘들게 달려가지만 말고 꿈을 향해 가되 희망을 가지고 천천히 달려가라고, 때로는 걸어가며 생각하며 가라고 권유하고 싶다.

나도 이제 비록 나이 50이 넘어서 아픈 날도 많지만 남은 생 여러 날 동안 희망을 노래하는 파랑새로 살아가고 싶다. 그 어떤 어려움이 있더라도 '희망'의 끈을 붙들고 노래하는 파랑새이고 싶다.

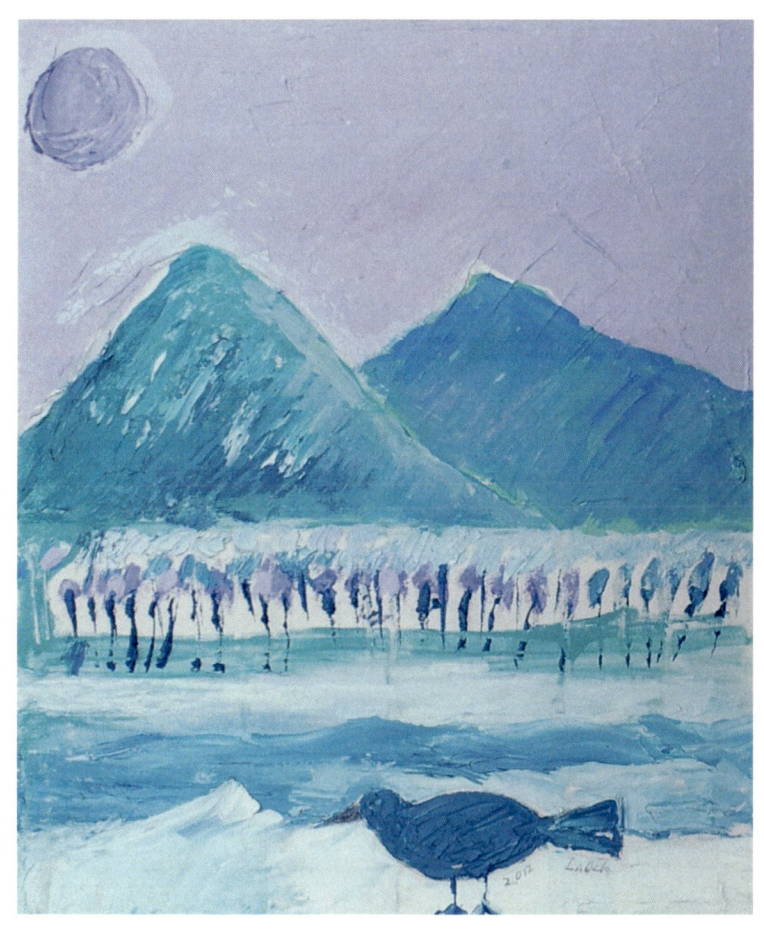

〈희망을 노래하는 파랑새, 2012, Oil on Canvas, 10호〉

아줌마들과
더불어

　주부들에게 그림을 가르친 세월이 10년이 가까워져 온다. 10년이면 강산이 변한다는데 나도 모르는 사이 아줌마들과 더불어 나도 보통 아줌마가 되어 가는 것 같다.

　주부들이 기쁜 일이 있으면 나도 덩달아 기쁘고 주부들이 슬프면 나도 엄청 슬퍼진다. 그들에게 그림을 그리는 기술만 가르쳐 주는 선생이 아니라 평범한 아줌마로서의 인생을 살아가는, 그리고 그들과 더불어 호흡하게 되는 것 같다.

　항상 즐겁고 에너지가 넘치는 주부가 있는가 하면 항상 말이 없고 그래서인지 우울하게 보이는 주부도 있다. 그러나 때로는 한 학기 지나고 표정도 많이 밝아지는 분을 보면 나는 얼마나 큰 보람을 갖는지 모른다.

　나의 삶도 항상 기쁠 수가 없기에 어떤 날은 수업하기 전날 안 좋은 일이 터져서 몹시 슬프고도 우울한 기분으로 수업을 하게 되는 날도 있다. 그럴 때엔 간절히 기도하고 집을 나선다. 행여 나의 우울한 기운이 주부들에게 전달될까 봐 수업 하러 교회로 향하면서 우울한 기분을 툴툴 털기 위해 씩씩하게 걸어간다. 교회로 올라가는 엘리베이터 속에선 애써 미소를 짓는 연습도 한다. 수업이 시작되면 재미있게 설명도 하고 주부들을 즐겁게 해 드린다. 속으로 "나도 이제 거의 개그맨 수준이야." 하고 나에게 속삭인다.

독일 유학을 성공적으로 마치고 귀국했을 때는 금방이라도 미술대학 교수라도 되는 줄 알았는데 잠깐 동안 시간강사로만 뛰었을 뿐 이제는 나이 탓인지 오라는 곳도 없다.

우리 아이들을 올인하여 키울 수 있는 엄마로서의 세월이었기에 전혀 후회는 없지만 이젠 대학 공부를 시키려니 학비에도 보탬을 주는 엄마이고 싶은데 취직이 정말 어려운 것 같다. 노동력을 필요로 하는 아르바이트 자리라도 뛰려 하면 병원비가 더 든다고 안 된다며 남편이 말린다.

그래도 나에게 아직은 누군가를 가르칠 수 있는 건강이 그나마 허락되어지고 봉사할 수 있고 봉사하고픈 마음이 끊임없이 든다는 사실이 감사하다. 그래서 수강생 숫자가 적은 학기에도 최선을 다해 수업에 임한다. 이제 10년의 세월이 흐른 지금 내가 수강생들에게 도움을 준다기보다 수강생들로부터 도움을 받는 것 같다.

여러 주변의 어려움들로 인해 몸과 마음이 아플 때 타이밍도 정확하게 "선생님, 힘내세요. 파이팅!"이라는 문자가 들어올 때도 있고, 어떤 때는 재미있는 동영상을 띄워 주시기도 한다. 매학기 반장을 맡으신 분은 또 얼마나 큰 힘이 되는지 모른다.

해맑은 푸른 하늘일 때도, 먹구름, 천둥, 번개 치는 하늘일 때도 오늘도 활짝 웃는 얼굴로 배우러 오시는 분들께 기쁨을 드려야지, 하는 마음으로 수업이 있는 교회로 발걸음을 옮긴다. 이 세상 속에서 거창한 일자리는 비록 아니더라도 지금 내가 하고 있는 일이 '행복한 수고' '사랑의 수고' '섬김의 수고'라 하나님께서 이름 해주심을 믿고 …….

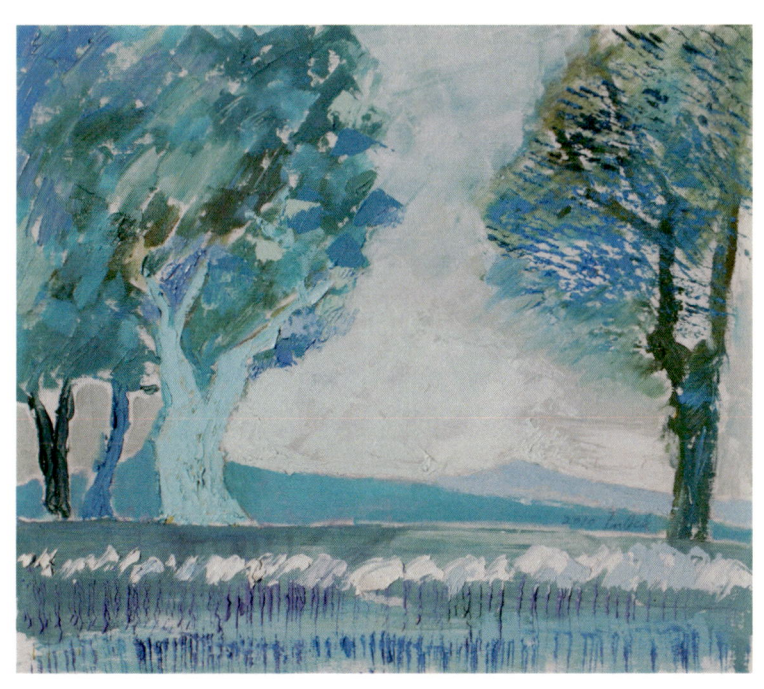

〈바람 부는 날의 평화, 2010 , Oil on Canvas, 10호〉

바보 엄마

    나는 드라마를 한두 편은 보며 지낸다. 아무리 시청률이 높은 드라마일지라도 내가 한 번 보았을 때 잔인하거나 좋지 않은 스토리일 때는 더 이상 안 본다.

    나도 올해 드라마 공모전에 또 한 편의 드라마를 출품했다. 올해로 세 번째 도전인데 2008년, 2011년, 2012년, 그러고 보니 점점 더 자주 드라마를 쓰게 되는 것 같다. 그러니 다른 작가들의 드라마를 공부 삼아 한두 편은 보아야 한다.

    내가 쓰는 드라마가 당선이 안 되는 이유는 주제가 세상적 이지 않기 때문일 것 같다. 드라마를 보다 보면 꼭 등장하는 뻔한 스토리, 이를테면 복수라든지 출생의 비밀이라든지 그러한 스토리를 가능한 한 피하고 이상적인 이야기나 기독교적인 내용이 첨가되는 나의 드라마는 언제쯤이면 이 세상 속에서 빛을 보게 될까?

    이미 방영되는 드라마 가운데 가끔 무척이나 감동을 주는 드라마가 있다. 그중에서 얼마 전 〈바보 엄마〉라는 드라마를 보게 되었다.

대충의 줄거리는 바보인 어떤 여인이 10대에 아기를 갖게 되어 자신의 딸에게는 계속 언니라고 속여 왔고, 잘 자라서 어느 잡지사 편집장이 된 딸이 심장병이 걸려 심장 이식 수술을 받지 않으면 안 되는 위기에 처하게 되었다. 그런데 엄마도 뇌종양이 걸려 있다가 뇌사 상태인 환자의 심장을 기다린다는 말을 듣고 자신의 심장을 줄 것을 결심, 결국 뇌사 상태가 빨리 와서 자신의 심장을 딸에게 주어 딸을 살려낸다.

딸과 함께 마지막 회를 보다가 딸도 나도 계속 펑펑 울었다. 비록 드라마 속에 나오는 이야기이지만 우리를 위해 자신의 목숨을 주신 예수 그리스도의 이야기와 흡사했다. 비록 바보이지만 평생 딸을 생각하며 딸을 위해 자신을 기꺼이 주는 그런 '바보 엄마'가 나도 되고 싶다.

때로는 이 땅의 모든 영역에서 차라리 바보가 되어 버리는 것이 좋을 때가 있다. 나를 향한 비난의 소리에도 제대로 반응할 줄도 모르고 나의 소리도 나의 색채도 낼 수 없을 때조차도 억울하다는 말 한마디 못하는 그러고는 자신의 역할을 묵묵히 수행하는 그런 바보를 하나님은 때로는 인정해 주시기도 하고 높여 주시기도 한다.(이 말은 나 자신뿐만 아니라 일반적인 이야기일 수 있다.)

딸을 멀리 유학길에 오르게 하는 시점, 오늘도 내일도 딸을 기다리며 좋은 소식만 기다리며 그저 인내하고 기도하며 이겨내어야 하는 '바보 엄마'로 나는 살아가야 한다.

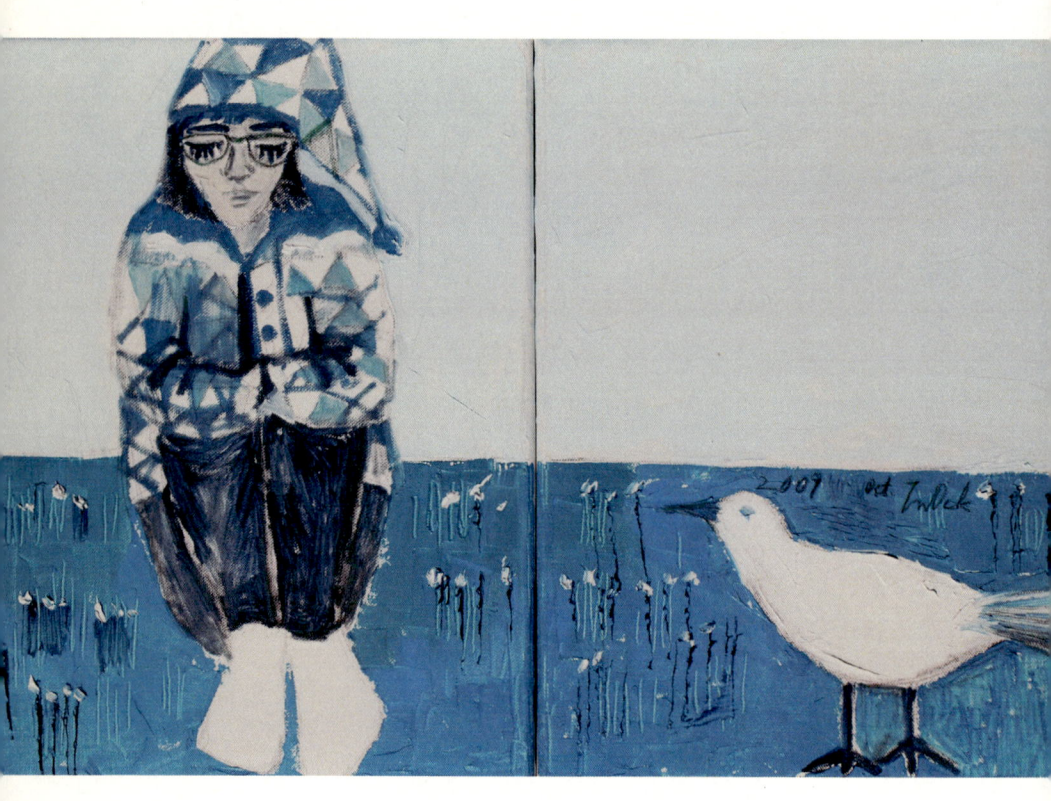

〈하얀 위로, 2009, Oil on Canvas, 16호〉

박인옥 화가의 그림 에세이집

낮아짐의 의미

　전시회 이후 아쉬움의 조각들을 마음에 지니고 있으니 피로가 몰려와서 잠을 청하다가 잠은 오지 않고 빗소리에 이불을 박차고 일어났다. 딸아이가 사준 일기장의 열쇠를 열고 오랜만에 일기를 써본다. 일기는 대개 하루를 접으며 쓸 텐데 저녁시간에는 네 명의 식구들이 있으니 글을 쓸 시간적 여유도 마음의 여유도 없다.

　거실로 나와 신문을 드는데 '진주문고' 중앙점 소개 간지가 떨어진다.

　'진주문고 2호점인 중앙점은 진주에서 가장 높은 집인 백상빌딩의 가장 낮은 층에 있습니다.(조흥은행 지하)라는 글귀가 눈에 들어온다.

　'낮아짐'의 의미. 이 세상에서는 낮아지기가 쉽지 않다. 낮아지고 겸손해지고자 하나 이미 나는 너무 높아져 있다. 전시회에도 리플릿을 입구에 붙여 놓으니 어떤 분이 '경력이 아주 화려하다'고 말씀하신다. 정신없이 늘 공부하고 작품만 열심히 하다 보니 나는 너무 높아져 버렸다.

서점 광고 간지의 몇 구절 글들이 나로 하여금 한밤중에 여러 가지를 생각하게 한다.

〈나는 아무것도 원치 않는다. 나는 아무것도 두려워하지 않는다. 나는 자유이므로〉 -니코스 카잔차키스의 묘비명-

그렇다. 마음에 조금이라도 그늘이 생김은 원하는 것, 바라는 것이 너무 많아서 그런 것 같다. 잘 모르는 남으로부터 무언가를 바라는 마음은 올해 겨울로 접어 버렸다. 어차피 살기 바쁜 세상이니까.

어린 자녀들로 부터는 바라는 것이 없다. 그저 건강하게 밝게 아무 탈 없이 자라주기를 바랄 뿐이다. 그러니 대견한 행동을 할 때는 엄청 예뻐 보인다.

어떤 작가가 더운 날씨 탓에 작품 준비를 못 하고 전시가 취소되는 바람에 나에게로 주어진 기회, 진주 시민을 위해 하나님이 주신 기회라 여기고 전시회를 시작했다. 얼마 전, 우리 애들이 입원했을 때 몹시 힘들게 암 투병을 하던 옆 병실 그 아이를 조금이라도 도와야지, 생각하며 시작한 전시회이니만큼 전시회가 지나고도 마음을 비우기로 하자.

꼭 오셨으면 했던 분들……, 교수님 몇 분, 내가 가르친 수제자들의 모습이 없어 조금 아쉽지만 피치 못할 사정이 있었으리라 이해하자.

하나님께 영광을 돌리자.

진주에서는 마지막이 될지도 모르는 전시라 생각하니 조금 아쉬움이 남는다.

진주라는 곳, 살기 좋은 곳, 비교적 조용히 사색하기 좋은 도시인 것 같다. 멋진 건축가의 솜씨로 지어진 문화 예술회관에서 그래도 세 번이나 전시회를 했고 뭇 진주 시민의 마음속에 남는 전시였다고 믿고 싶다.

보통 사람보다 특히 바쁘신 틈을 내어 와주신 몇 분께 특별한 감사를 드리고 싶다. 민들레 공동체 간사님 부부, 그리고 그들의 아이들, 김유동 교수님 부부, 서울에서 오신 김헌숙 박사, 대전에서 온 사랑하는 친구 혜영이, 대구에서 오신 기정희 선생과 지성 스님, 창원에서 한 부대를 인솔하고 오신 사랑하는 나의 후배 이혜조 사모와 그녀의 남편 목사님과 친지들, 부산에서 오신 고교 시절 은사님, 남편의 동료 교수님들과 평론가, 부산에서 오신 네 분 부모님, 친정 식구들, 주님의 교회 성도들, 영락교회 성도들, 삼천포에서 목사님을 모시고 온 언니 같은 친구 이환립 집사님, 그 외에도 물론 고마운 분들이 여럿 계시지만 이 시간에 특별히 떠오르는 분들이다.(혹시 멀리서 오셨는데 내가 기억을 못 하는 분들도 계실 것이다. 아마도 이래서 대종상 시상식에서 수상 소감 말하기가 어려운 것 같다.)

마음이 깨끗한 분들이다. 본인들이 시간을 쪼개고 쪼개어 오셔서는 전시회에 불러주어 고맙다고 말씀하신다.

좋은 그림 세계를 관객에게 보여 주어야 할 책임을 또 느낀다. 전시 한번 하고 나면 힘이 들어서 '이번이 마지막이다.' 늘 생각하는데 방명록에 마지막 날 "쉬지 말고 작업하세요."라는 내용의 글귀가 많다. 진주 화방 사장님은 전시 마지막 날 아예 하얀 유화물감을 몇 튜브나 통째로 선물하신 적도 있다. 평소에 흰 물감을 자주 사는 화가인 줄 아시기 때문이다.

　그림을 그린다는 것, 나에게는 내가 살아 숨 쉬고 있다는 증거이다. 열심히 살아야지, 열심히 그림 그려야지, 다시 다짐해 본다.(2004년 진주에서 개인전을 마치고 나서)

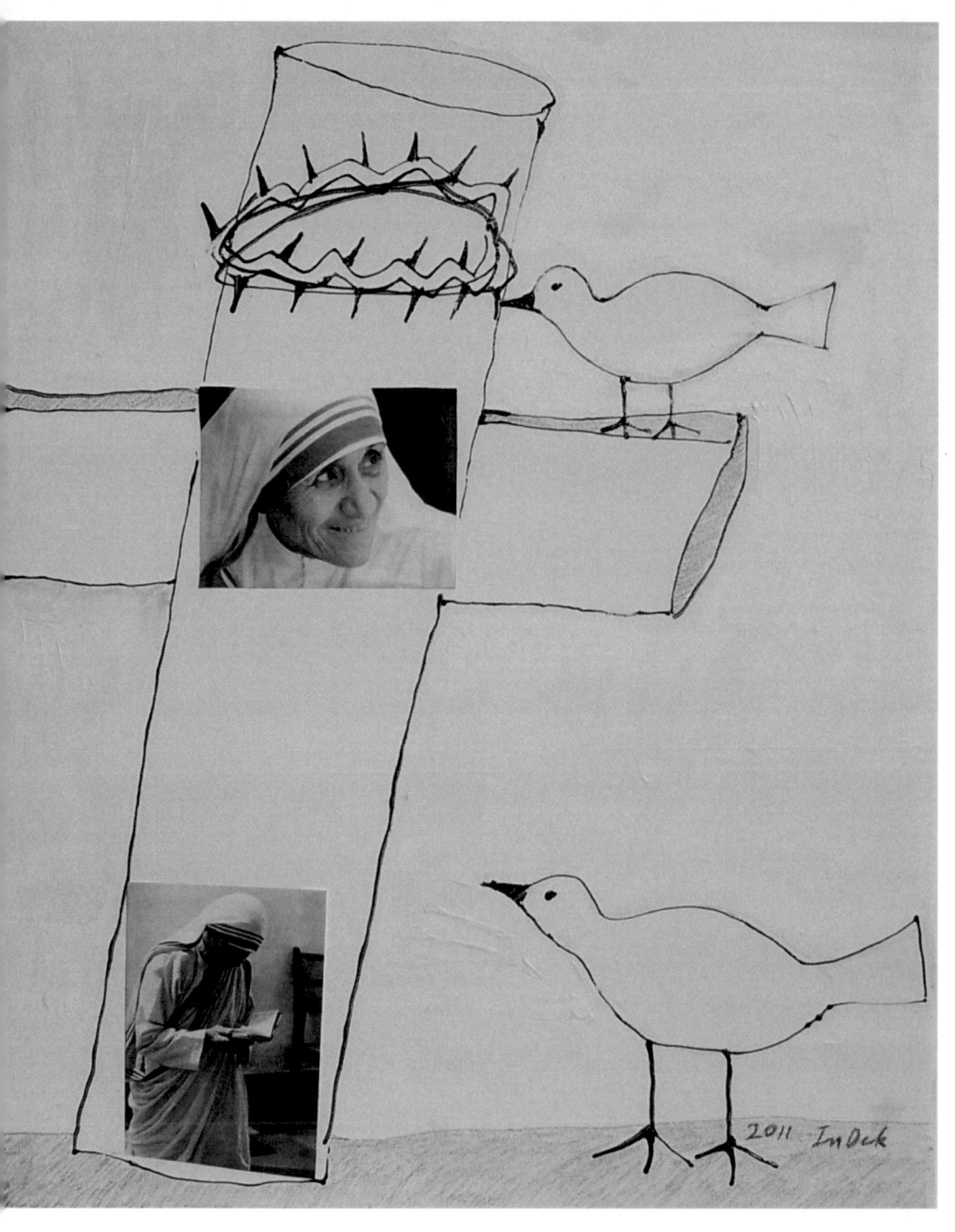

〈평화의 도구, 2011년, 혼합재료, 15호 〉

2분간의 회개기도

이 세상 살아가는 동안 여러 가지 고난을 우리는 만나게 된다. 그 고난 중의 하나로 몸이 몹시 아플 때, 그 아픔을 그 누구와도 나눌 수 없을 때, 아픔을 그대로 들고 하나님께로 나아간다.

가끔 CTS나 CBS 방송을 통해 조용기 목사님의 설교를 들을 때면 마지막 부분에 아픈 곳이 낫게 해주는 치유의 기도 시간이 있다. "방송을 보고 계시는 분들도 여러분이 아픈 곳에 손을 얹으십시오." 분명 두통이나 몸살로 고생 중일 때도 나는 가끔 가슴에 손을 얹게 된다. 의사 선생님들의 진단과 달리 나 스스로 진단을 내린다. '마음의 병이 아닐까?' 하고.

하나님 앞에서의 용서가 이 세상살이 중 가장 힘든 일인 것 같다. 그런데 예수님은 성경 말씀에서 일곱 번뿐만 아니라 일곱 번을 일흔 번까지라도 용서하라고 하신다. 이 얼마나 실천 가능성 희박한 일인가? 그럼에도 우리는 그렇게 되도록 노력해야 한다.

"주여, 불쌍히 여겨 주소서. 죄는 미워하되 사람을 미워하지 않게 해 주십시오"

가슴에 손을 얹고 간절히 기도하게 된다.

여기저기 아파서 정밀검사까지 하고 나면 '염증'이라는 진단과 함께 여러 가지 약이 처방된다. 그러나 때로는 몇 달이 지나도 혹은 몇 년이 지나도 병이 낫지 않음을 느끼게 된다. 이는 '마음의 염증' 때문이 아닐까? 이럴 때 단 2분간의 그러나 간절한 회개기도는 우리의 몸과 마음을 깨끗하게 해주는 힘이 있다. 이 2분간의 회개기도를 나는 즐겨 한다.

나이 들어가면서 자꾸 여러 가지를 잊어버리게 되는 요즘 가끔은 "하나님, 나에게 섭섭하게 여겨졌던 말들, 상처가 되는 말들을 돌아서면 잊어버리게 해 주옵소서." "나도 때로는 남에게 상처가 되는 말을 할 때가 많이 있을 것입니다. 그러니 안 좋은 말들은 나의 기억속에서 지워 주옵소서."라고 기도를 한다. 그러다가 이내 그런 진솔한 기도를 하나님께 올린 사실조차도 망각하는 자신을 본다.

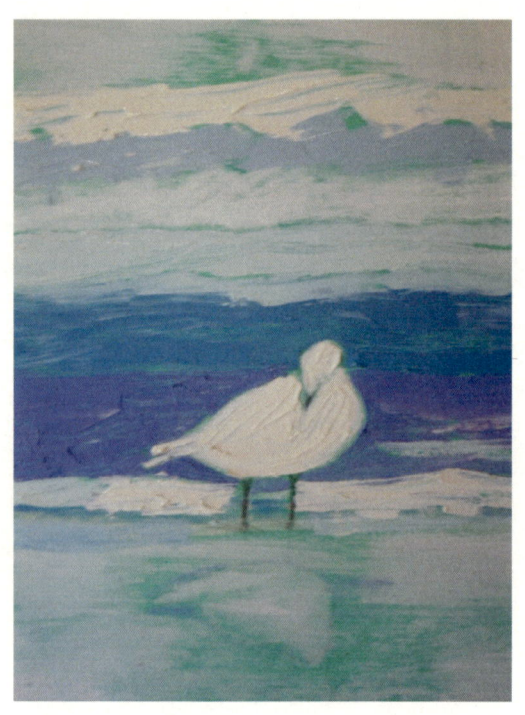

〈안식, 2005, Oil on Canvas, 10호〉

마음의 평화

잔잔한 바다를 물끄러미 바라보아도, 힘차게 그러나 조용히 날아가는 새 한 마리를 바라보아도 마음의 평화가 찾아오지 않는 때가 있다. 폭풍우가 쓸고 지나간 마음이 제자리를 찾기에는 피를 토하는 주님 앞에서의 변화가 필요한가 보다.

"기도와 예배" 이것이 우선순위임을 알면서도 일상을 벗어난 혼자만의 시간이 때로는 필요함을 안다. 교회에 가도 사람들이 많기 때문이다.

큰 대형교회는 한구석에 쭈그리고 앉아 "주님, 제가 지금 너무 힘든 것 아시죠?"라며 소리쳐 기도하고 엉엉 울 수도 있겠지만 성도가 얼마 되지 않는 작은 교회에선 그랬다가는 "집사님, 무슨 일 있으세요? 부부싸움 하셨어요?" 이렇게 나오니 마음 놓고 울 수도 없다.

그래서 때로는 조용한 바다가 좋다. 그런데 겨울바다는 너무 춥고 쓸쓸하다. 그럴 때 따스하게 내리쬐는 햇살은 참으로 고맙게 여겨지는 존재이다. 그 햇살은 결국 하나님께서 주시는 선물임을 그 추운 바닷가에서 비로소 깨닫게 된다. 그 햇살은 오래된 친구와도 같고 귀여운 딸의 미소와도 같다.

이 시리도록 매섭고 차가운 바람 속에서도 따스한 햇살 한 조각으로 우리는 이 차갑고도 무서운 세상을 살아갈 힘을 때로는 얻는다.

잠시 아주 잠깐 나의 콧물과 눈물을 없애주고 1초간의 따뜻함을 선사해 줄지라도 우리는 그 1초간의 따스함 때문에 또다시 시리도록 차가운 겨울 바닷가를 저벅저벅 걸어간다. 따뜻함을 가지고 자그만 희망을 가지고……

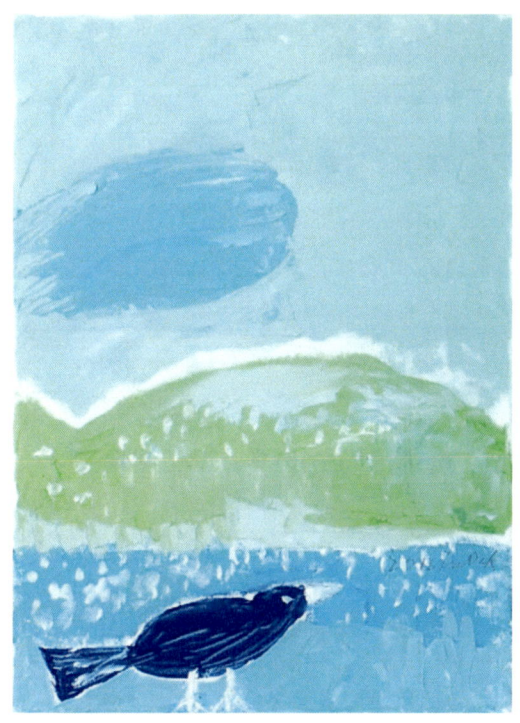

〈마음의 평화, 2012, Oil on Canvas, 6호〉

외로운 길
그러나 가야 할 길

이 작품에선 크리스천의 삶을 일컬어 '외로운 길 그러나 가야 할 길'이라 이름 하였다. 처음엔 선교사들의 삶을 두고 생각한 말이었다. 요즘 들어서는 선교사님들의 삶은 차라리 행복한 삶인 것 같다는 생각이 든다. 주위에 계신 선교사님들의 삶을 가까이에서 지켜보면 외롭고 힘들게 여겨지지만 일반적인 선교사의 삶을 보면 경제적인 어려움도 해결해 주시고 자녀들의 장래도 온전히 하나님께 맡길 때 책임져 주심을 보게 된다.

내 삶의 여러 가지 축복 중 하나는 나는 훌륭한 선교사님들을 가까이에서 소식을 주고받고 있다는 사실이다. 양승봉 선교사님과 신경희 선교사, 이성우 선교사님, 전구 선교사님, 김영진 선교사님 이분들은 나의 스승이다. 그분들은 그들의 삶을 100% 하나님께 온전히 맡기신 분들 같다.

오히려 이 세상 속에서 나처럼 평신도로 살아가는 크리스천들의 고충이 큰 것 같다. 그래서 '외로운 길 그러나 가야 할 길'이라 이름하였다.

나는 독신으로 사는 소망을 가져서 수녀가 되고 싶어 했다. (그냥 하는 이야기가 아니라 실제로 그런 소망을 가졌었다.) 그래서 이해인 수녀님이나 테레사 수녀님을 몹시 존경하고 부러워했다.

'예술가로서 나는 그냥 혼자서 살았으면 좋았을 것을……' 생각하다가 이내 '아니지, 결혼을 안 했으면 우리 예쁜 공주님들이 어찌 태어났을까. 감사해야지.' 생각을 바꾼다. 그러나 때로는 '행복과 사랑이 날마다 넘쳐나는 집'이 나오질 않는다고 느낄 때도 있다.(내 꿈이 너무 큰 것일까?)

중간중간에 푸른 숲도 나오고 예쁜 새들도 지저귀고 하늘은 저리도 푸르고 높은데, 하며 '행복이 가득한 집'을 찾아 걸어간다. 그 집은 멋지게 지어진 하얀 전원주택이 아니라 내 마음속의 집일까? 그래서 육안으로는 안 보이고 영안으로만 어렴풋이 보이는 것일까?

그러나 때로는 성공한 여류 작가들 가운데 세상에서 이름은 알려졌으나 자신이 가정을 지키지 못한 것을 후회하는 글, 혹은 자식이 없어 자식보다 작품을 더 소중히 여긴다는 글을 읽을 때면 그래도 나에게는 하나님께서 허락해 주신 가정이 있고 예쁜 두 딸이 있으니 이 세상 속에서의 명예보다 더 소중하게 여겨지기도 한다.

그러나 된장찌개 끓이다가 뛰어가 그림을 그려서 그런지 고흐와 같은 명작 근처에도 못 가고 내 작품엔 된장 냄새가 나는 것 같고 무언가 부족한 점이 많은 것 같다. 그러기에 나는 오늘도 내일도 그림을 그린다. 더 나은 작품을 탄생시키기 위해…….

밥하며 청소하며 그 외에 여러 가지 역할을 감당하며 예술가로서의 길도 꿋꿋이 가려 하니 그 길이 나에게는 늘 외로운 길 그러나 가야 할 길로 여겨진다. 그러나 하나님이 함께하신다면 '외로운 길'이라고 툴툴거리지 말고 이 길은 내가 가야 할 길로 여기며 소명을 가지고 씩씩하게 걸어가야 할 것이다.

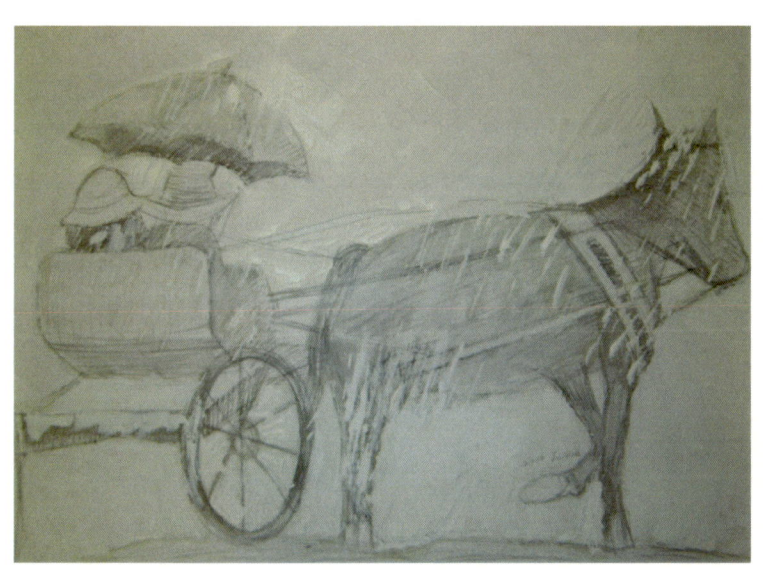

〈외로운 길 그러나 가야 할 길 I, 2006, 혼합재료, 20호〉

나의 작품은
왜 슬퍼 보일까

얼마 전에 창원에서 경남 아트 페어 개인 부스전을 가졌다. 부스전이 아닌 개인전을 이미 일곱 번 한 적이 있는 나로선 아직 자만할 단계는 아니지만 나의 작품 세계가 어느 정도의 개성이 있고 나만의 독특한 세계가 있다는 자존감 내지는 자신감을 갖고 있었다.

그런데 지인이 아닌 일반 관객이 엄청나게 많았던 이번 전시에서 지인들은 내 작품이 조용하다, 때로는 평화롭다, 라는 평을 해 주셨는데 일반 관객들로부터는 그림이 왠지 가라앉았다, 무겁다, 작품에 등장하는 새들이 슬퍼 보인다 등의 평을 제법 듣게 되었다. 작품을 통해 이 시대의 아픔을 표현하고자 하는 의도가 때로는 이름 그대로 '슬픈 그림'이 되어 버리는 것 같다.

그러나 한편 역대의 그 많은 작가들의 작품에 등장하는 실제 인물들의 표정에서 우리는 기쁨보다는 슬픈 표정을 더 많이 읽게 된다. 인간의 고뇌와 고독, 외로움과 슬픔이 제대로 표현된 작품이 오히려 몇백 년이 지난 후 '불후의 명작'으로 재평가되는 이유는 우리의 삶이 고난의 연속이기 때문일 것이다.

그러나 나는 크리스천 화가로서 '슬픔'을 '슬픔' 그대로 표현하는 데서 그치는 것이 아니라 절망일 수밖에 없는 우리의 어두운 현실 속에서 한줄기 희망을 표현하고 싶다. 최근의 작품을 보면 〈희망을 노래하는 파랑새〉 〈축복의 시간 속으로〉 〈저 높은 곳을 향하여〉 등등 새가 희망의 끈을 물고 날아가는 모습을 안간힘을 다해 표현하고 있다.

사람과 사람 간의 만남이 즐거워야 할 텐데 나는 요즘 사람 만나기가 두려울 때가 많다. 사람들을 만났을 때 내면세계를 이야기하고 싶은데 "왜 그리 살이 쪘어요?" 혹은 "왜 그리 몸이 부어 있어요?" "건강에 이상 신호가 온 것 아닌가요?" 등등 때로는 "무얼 먹으면 살이 빠진다." "뱃살 빼는 데는 **이 특효다." 등등 이런 대화를 듣고 있자면 살이 많이 찐 나는 정말 슬퍼진다. 말 그대로 나는 죄인이 되어버리는 것 같다.

이렇게 나는 이 한국 사회 속에서 늘 슬프게 지내니 슬픈 그림이 나올 수밖에 없는 것 같다. 핑계 같지만 내가 즐겨 하는 일이 그림 그리는 일과 글을 쓰는 일이다 보니 많이 움직이는 운동과는 거리가 먼 것이 문제임을 나도 잘 안다. 그렇다고 이마에 "살이 쪄서 대단히 죄송합니다."를 써 붙이고 다닐 수도 없지 않은가?

머지않아 그런 제목의 작품이 탄생할지도 모른다. 〈오빠는 강남 스타일〉처럼 대박이 난다면 그런 작품을 한번 시도해 보겠지만 나는 늘 그려왔던 것처럼 내면세계를 잘 표현하는 그림을 그리고 싶다. 그리고 〈천안함 침몰 사건〉을 비롯한 큰 사건들이 일어날 때마다 나는 한 달 이상을 마음 아파했다. 화가로서 이 시대의 아픔을 표현하는 화가이고 싶다. 비록 그림이 때로는 슬퍼 보인다는 평을 들을지언정……

가수 싸이는 많은 사람들에게 즐거움을 선사하기 때문에 그의 동영상이 대박이 난 것 같다.

싸이 같은 사람이 성공하니 나도 괜히 덩달아 기분이 좋아진다. 그는 올림픽 메달을 몇 개 딴 선수들보다 더 많이 국위선양을 하는 애국자가 된 것이다. 게다가 영어도 엄청 잘 하고 미국 방송에 출연해서도, 대학 강단에 서서도 당당한 그 모습이 참 보기 좋다. 지난 세월의 어려움을 잘 극복한 모습이기 때문에 많은 사람들이 박수를 치는 것 같다.

미국에 가면 내 나라가 아님에도 불구하고 마음이 편해지는 것을 가끔 경험하는 이유가 그들은 남을 의식하지 않고 그들이 자신 있게 자신의 색채를 드러내기 때문일 것이다. 한여름에 겨울옷을 입어도, 혹은 한겨울에 여름옷을 입고 다녀도, 잠옷 비슷한 것을 입고 다녀도 이상하게 생각하거나 쳐다보지도 않기 때문일 것이다. 살이 아무리 쪄도, 아무리 빼빼해도 그 자체를 개성으로 여기는 사회 분위기 덕일 것이다.

내 작품 속에는 뚱뚱한 새도 있고 날씬한 새도 있고 표준 사이즈 새도 물론 등장한다. 새를 통해 인간세계의 이야기를 나는 하고 있다. 이 다양한 새들이 더불어 사는 아름다운 세상을 나는 표현해 왔고 계속 표현할 것이다. 한국 사회에서 어딜 가나 사람들이 계속 외면세계를 이야기하더라도 나는 내 작품을 통해 계속 참다운 내면 세계를 이야기할 것이다

혹시 기적이 일어나서 내가 다시 날씬해지더라도 나의 그림은 계속 슬퍼 보일지 모른다. 슬픈 역사 속에서 나 역시 슬픈 세월을 많이 지내온 지난날들이기 때문이다. 그러나 나는 그 어려움을 극복하려고 노력할 것이다.

나의 내면에 자리 잡고 있는 슬픔이 하나님께서 보여주시는 '축복'으로 서서히 바뀔 때 나의 그림도 서서히 밝아질지도 모른다. 최근 작품 〈축복의 시간 속으로〉처럼.

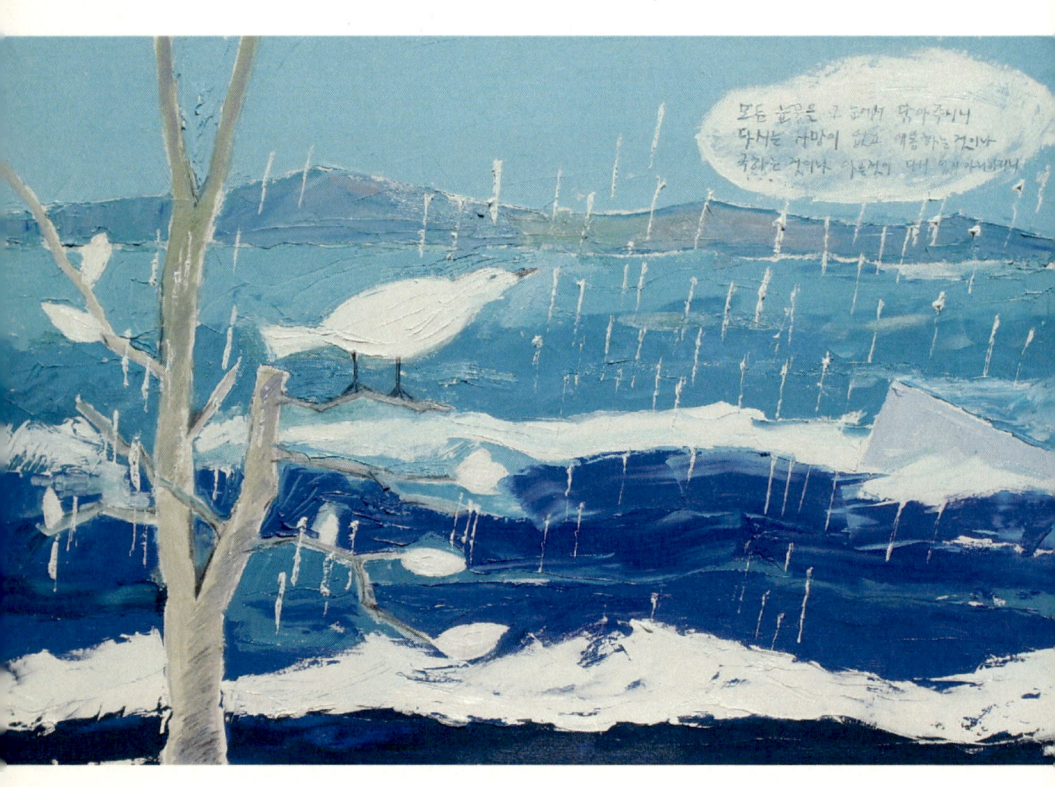

〈어느 슬픈 봄날의 기도 - 천안함 침몰 이후, 2010, Oil on Canvas, 30호 〉

겨울과 같은 사람

나는 4계절중 겨울을 가장 좋아한다. 대부분의 사람들은 아마 봄이나 가을을 좋아할지도 모르는데…… 그중에서도 봄을 더 좋아할 텐데 나는 그 춥고도 힘든 겨울이 좋다.

내 작품 속에 눈이 자주 아주 많이 등장한다.

이해인 수녀님의 글 중에 〈봄과 같은 사람〉 중 이런 글귀가 등장한다.(수녀님! 너무 좋은 내용이라 허락 없이 인용했습니다. 이해해 주세요.)

"늘 희망하는 사람, 기뻐하는 사람, 따뜻한 사람, 친절한 사람, 명랑한 사람, 온유한 사람, 생명을 소중히 여기는 사람, 고마워 할 줄 아는 사람, 창조적인 사람, 긍정적인 사람일 게다. 자신의 처지를 원망하고 불평하기 전에 우선 그 안에 해야 할 바를 최선의 성실로 수행하는 사람 어려움 속에서도 희망과 용기를 새롭히며 나아가는 사람이다."

그 글귀들을 보며 현실 세계에서 과연 그런 사람이 존재할까? 생각해 보았다. 아마 '수도자'라면 그 글에 나오는 〈봄과 같은 사람〉일

수 있을 것이다.

　내가 좋아하는 계절 겨울. 그러면 〈겨울과 같은 사람〉은 어떤 사람일까? 현실은 비록 차갑고 힘들지만 곧 따뜻한 봄이 올 거라는 한 줄기 희망을 가지고 그 어려움을 이겨내는 사람, 추운 겨울에 마시는 따뜻한 한 잔의 차와 같이 따뜻함을 선사하는 사람, 부자보다는 가난한 자를 더 좋아하며 함께 아파할 줄 아는 사람, 지금은 너무 추워서 웅크리고 있지만 따뜻한 봄이 오면 곧 힘껏 날아갈 사람, 그 시간을 위해 잘 준비하며 인생을 허비하지 않는 사람, 가난해서 더 추운 사람들도 다함께 살 수 있도록 그런 세상을 꿈꾸며 열심히 노력하며 헌신하는 사람, 어렵고 힘든 환경 속에서도 눈 속에서도 피어나는 한 송이 꽃처럼 꿋꿋하게 자신의 아름다움을 꽃피우는 사람, 그런 사람이 되고 싶다. 그런 강인함을 지닌 내가 정의 내린 〈겨울과 같은 사람〉이 되고 싶다.

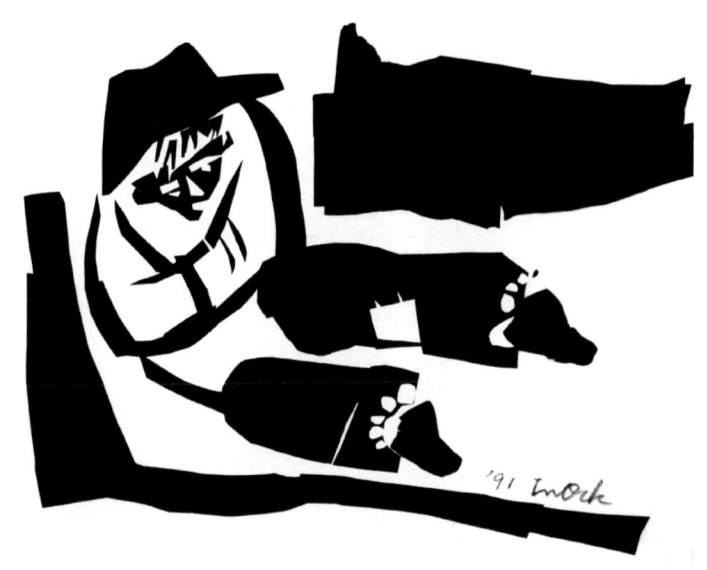

〈겨울, 1991, 꼴라쥬, 15호〉

요나가 부르는 노래

내 작품 중에 〈요나가 부르는 노래〉라는 작품이 있다. 1995년도에 한 작품이니 꽤 오래된 작품이다. 그 당시 공모전에 출품하기 위해 6개월 가까이 했던 내가 아끼는 작품 중 하나이다. 이 작품이 1등으로 되는 덕에 부상으로 초대 개인전을 열 수 있는 자격을 얻게 되었다.

지금도 우리 집 거실 중앙에 걸려있는 이 작품을 보면서 힘들었던 독일 유학 시절을 떠올리기도 한다.

나는 대학 시절 막연히 프랑스로 유학을 가고 싶었다. 그러나 형편도 그렇고 교양 과목으로도 고교 시절에 배웠던 독일어가 조금이라도 쉬울까 봐 대학에서도 독일어를 신청해 독일인 교수님으로부터 독일어를 배웠다. 그러다가 지금의 남편을 만나게 되었고, 나는 친구들이 늘 즐겨하던 미팅 한번 못 해보고 지금의 남편 눈에 띄어 결혼까지 하게 된 것이다.

지금은 농담 삼아 서로 구제해 주었다고 하지만 대학 시절 결혼

같은 것 절대 안 하리라 생각하고 독신으로 살며 수녀가 될 수 있다면 작품 많이 하는 수녀 화가로 살면서 기부도 잘하는 착한 화가가 되고 싶었던 한 소녀의 거창한 꿈은 어디론가 가 버린 것 같다. 그러나 결과적으로 남편을 만나 독일 유학길에 함께 오른 것이다. 물론 독일은 학비가 없었기에 그 좋은 기회를 놓칠 수가 없다고 생각해서 나도 열심히 공부를 했다.

그 당시 비록 학비는 없었으나 우리 부부의 생활비 등 우리는 근검절약하고 또 절약해야 했었다. 어떤 때는 쌀을 살 돈이 부족해서 독일에서 주식으로 많은 사람이 애용했던 감자를 주식으로 했던 때도 있었다. 감자 몇 알을 놓고 감사의 기도를 드리는 작품도 그래서 탄생했다.

요즘은 내가 살도 찌고 그래서 좀 있어 보이는지 그 당시에 제작한 작품 설명을 하노라고 〈배고픔〉 등의 작품 설명을 하면 굶어본 사람 같지 않다며 오해를 받기도 한다. 나는 한국에서의 대학 시절에도 독일 유학 시절에도 많이 굶어 보았는데 말이다. 45kg 나가던 시절엔 잔뜩 먹어도 굶는 사람으로 오해를 받고 뺑튀기가 되어버린 지금은 하루 종일 물만 마셔도 잔뜩 먹는 사람으로 오해를 받는다.

아무튼 그 유학 시절 우리는 생활비가 늘 부족해서 전전긍긍해야 했으며 유학 생활을 그만 접고 한국으로 돌아가는 게 어떻겠냐는 남편의 한마디에 나는 방학을 이용해 아르바이트를 하기로 결심했다. 물론 학기 중에도 미술 레슨 등의 일은 일주일에 한두 번은 늘 했지만 풀타임으로 일해야 돈이 되었기에 일자리를 찾다가 독일 병원의 청소부로 일하기로 했다.

다행히 독일은 좋은 나라여서 직업의 귀천도 없고 의사의 집이나 노동자의 집이나 외관상으로는 큰 차이가 없을 정도로 다 함께 잘 사는 나라였다. 힘들고 궂은일일수록 임금이 높았기에 청소부로 한 달 일하면 몇 달은 아껴 쓰면 거뜬히 살 수가 있었다.

가끔 방학을 이용해 한국 가는 비행기 값을 벌기 위해 일하는 아 가씨 유학생들도 있었다. 그런데 아줌마들은 자존심이 있어서인지 청소부로 일하기를 꺼렸다. 그러나 나는 찬밥 더운밥 가릴 처지가 아니었다.

나는 그래도 일하기 위해 새벽 4시 반쯤 빵으로 만든 간단한 도 시락 하나 들고 전철을 타고 병원으로 가는 자신이 뿌듯하기까지 했다. 그러나 그 뿌듯함도 잠시…… 내가 배치된 곳은 정신이상자들 도 포함된 수용소 비슷한 곳이었다.

터키 사람, 독일 사람, 주로 아줌마들을 가득 실은 봉고차가 숲 속을 한참 달릴 새벽 시간만 해도 "아, 경치 좋다. 새벽의 이 상쾌 함!" 하며 갔었다. 나는 단체로 가서 일하는 줄 알고 덩치가 아주 큰 독일 아줌마들과 함께 일하면 든든하겠다는 생각까지 했었다. 그런데 그 예상을 뒤엎고 한 건물에 한 명씩 배치가 되는 것이었다.

내가 배치된 수용소의 책임자는 바울이라는 이름의 독일 아저씨 였다. 이리저리 두리번거리는 나를 본 그 책임자 바울은 우선 식사 부터 하라고 했다. 나는 준비해 간 잼만 바른 식빵 두 조각을 꺼내 어 식사기도를 하고 빵을 먹었다.

바울은 고맙게도 차 한 잔을 주셨다. 그러면서 크리스천이냐고 물어보셨다. 그렇다고 대답하고 식사를 마치고 나니 수용소 건물 구경을 시켜 주셨다. 지하에는 중증 환자들이 감옥처럼 감금된 곳이었다. 이상하게 싸늘하게 쳐다보는 환자들을 대하니 등골이 오싹했다.

3층으로 된 깨끗한 건물 소개를 마친 뒤 막대 걸레 등이 있는 청소 도구함이 있는 공간을 보여주시며, 그 도구들로 건물 전체 복도와 병실을 막대 걸레로 닦기만 하면 된다고 하셨다. 그리고 초록색으로 된 청소복을 주시며 그 도구함에서 갈아입으면 된다 하셨다. 청소를 마치면 사무실에서 가끔 환자들이 두통약을 받으러 오면 한 알씩만 주면 된다는 것이다. 그러니 일이 힘들지는 않을 것이라며 열쇠를 하나 주시더니 열쇠 하나로 모든 병실이 열린다 했다. 속으로 '참 편리한 독일식 열쇠구나.' 생각했다.

바울은 나에게 그 열쇠 하나를 맡기고 중요한 회의가 있어서 나간다며 그리 오래 걸리지는 않을 테니 청소하고 있으라 했다. 지금 같으면 휴대폰이 있으니 남편에게 문자로 나를 좀 데리러 와 달라고 SOS를 청했을 것이다. 아르바이트를 시작한 첫날 당장 그만둘 수도 없고 정말 무서웠다.

그래도 맡은 청소 일을 해야 한다는 생각에 막대 걸레를 실은 물차를 끌고 다니며 복도 외 병실 바닥을 청소하기 시작했다. 대부분의 환자들은 운동을 한다고 손으로 무언가 부품 같은 것을 만드는 작업장에 나가 있고, 두통이 심하거나 몸이 아픈 환자들은 병실에 있었다. 대부분의 환자들은 거의 한마디도 하지 않아서 나는 가능한 한 빨리 병실 바닥을 청소하고 나왔다.

　그런데 어떤 환자는 "어느 나라에서 왔느냐? 태국?" 이런 질문을 하기도 했다. 나는 말을 하기도 두려워 고개만 끄덕이기도 했다. 내 출신국이 태국이든 중국이든 상관없었다. 나는 임무를 완수하고 그 건물을 나올 생각이었다. 지하실에는 근처에도 가지 않았다. 여차하면 막대 걸레 차에 있는 물통을 부을 것이라며 무기도 생각해 두었다.

　다행히 무사히 청소를 마치고 걸레 정리도 하고 나서 책임자 바울이 지시한 대로 사무실 책상 앞에 앉아 있었다. 처음엔 가끔 두통약을 받으러 오더니 환자들 숫자가 늘어났다. 나는 순간적으로 환자들 외에 나 혼자 그 건물에 갇혀 있음을 알게 되었고 '나는 오늘 아무 일 없이 살아야 한다.'라는 생각이 들었다.

　화장실에 가는 척하며 아까 청소 도구를 넣어두었던 조그만 공간을 향했다. 청소부들이 청소복을 갈아입을 수 있도록 안에서 문을 잠그는 장치를 정말 다행히 볼 수 있었기 때문이다. 잽싸게 그곳으로 가서 얼른 문을 잠갔다. 공간이 좁아 한 사람 쪼그리고 앉을 만한 공간이었다. 나는 이제 살았구나 싶었다.

　그곳에서 나는 하나님께 기도를 드렸다. 기도를 하는 도중 분명 아무 일도 일어나지 않았지만 독일 땅까지 유학을 와서 이 무슨 고생인가 싶어 하염없이 눈물이 흘러내렸다.

　울면서 한참 기도를 했던 것 같다. "하나님, 제가 이 청소 도구함을 내 인생에서 기억하게 해 주세요. 지금은 생활비를 벌기 위해 이런 고생을 해야 하지만 우리 부부가 성공적으로 유학 생활을 마치고 그 공부한 것으로 하나님 나라에 쓰임 받는 귀한 일군이 되게 해 주십시오."

간절한 기도 덕분인지 비교적 빨리 책임자가 오셨고 나는 비록 청소를 그리 깨끗이 하지 않은 것 같다는 말, 앞으로는 일이 익숙해질 거라고 수고했다는 말을 들은 뒤 청소부 아줌마들을 실은 봉고차를 타고 무사히 돌아왔다. 봉고차에서 거의 주무시고 계시는 어떤 독일 아줌마에게 환자들 무섭지 않느냐고 질문하니 "그 환자들 보기만 그렇지 아무 문제가 없다. 전에는 한 건물에 두 명씩 배치되었는데 일이 별로 없어서 한 명씩 일한다."며 오히려 청소할 일 별로 없는 편한 곳에 처음부터 배치되어 다행이라는 식으로 말씀하셨다.

그다음 날 새벽 봉고차가 출발하기 전 나는 커다란 나무 뒤에 숨어 버렸다. 나를 찾으러 다니던 아저씨는 "이상하다. 방금 있었는데……" 하며 고개를 갸우뚱거리더니 시계를 계속 보고는 안 되겠다며 "출발!"을 외쳤다.

나는 봉고차가 출발한 뒤에야 톡 튀어 나왔다. 아저씨는 "헤이!" 하며 어이없다는 듯 나를 불러 세웠다. 나는 아저씨에게 "아저씨, 어제 일한 곳은 나는 무서워서 도저히 갈 수가 없어요. 다른 곳으로 배치해 주세요. 부탁합니다." 하고 말했다. 그분은 계속 나를 쳐다보며 "어린애 같으니라고. 무섭기는 뭐가 무섭다고. 알겠다." 하시며 이번에 배치된 곳은 일이 좀 힘들지 모른다 했다. 나는 "일 힘든 것은 괜찮아요. 무서운 곳만 아니면 됩니다."고 간절히 이야기했다.

내가 다시 배치된 곳은 수술실이었다. 수술을 막 마친 수술실에

의사들과 비슷한 복장에 마스크, 장갑까지 끼고 피 한 방울 남기지 않고 깨끗이 닦아야 했다. 그래도 어제의 그 수용소에 비하면 10년 정도 일하신 유경험자이신 터키 아줌마와 함께 일하게 된 것은 감사한 일이었다.

하루의 고된 일과를 마치고 집으로 가면 저녁밥을 먹다가 낮의 그 수술실 광경이 떠올라 입덧하는 임산부처럼 구역질이 나오기도 했다. 그러나 내가 만일 그 상황을 남편에게 미주알고주알 말한다면 남편이 일을 그만두라고 할 것이고 그러면 우리는 무슨 돈으로 생활해 나갈까 생각하며 일 할 만하다고 대충 이야기하곤 했다.

그 당시 병원 일을 하면서 나는 인간의 목숨은 정말 하나님께 달려 있으며, 매순간 살아 숨 쉬고 있음을 하나님께 감사드려야 한다는 크나큰 교훈을 얻었다. 어떤 날은 예쁜 아가씨가 교통사고를 당해 뇌수술을 하고 중환자실로 바로 옮겨지는 장면도 보았다.

그리 길게 일한 것은 아니지만 병원 청소부로 일했던 그 시간들을 나는 항상 감사하게 여긴다. 그 청소 도구함을 작품으로 옮긴 작품이 바로 〈요나가 부르는 노래〉이다. 평론가들이 감사하게도 그 작품의 가치를 인정해 주서서 나는 화랑에서 공짜로 전시하는 이름하여 〈초대전〉을 가질 수 있었다. 하나님께선 나의 그 청소 도구함 속의 기도에 만 배로 축복으로 응답해 주신 것이다.

지금은 직장을 구하려 해도 나이가 많다는 이유로, 때로는 학력이 높다는 이유로 나를 아르바이트생으로 써주질 않는다. 독일에서처럼 직업엔 귀천이 없다고 생각하며 궂은일도 하고 싶은데 남편 역시 내가 힘든 일을 하다가 병원으로 실려 갈까 봐 참으라 한다.

요나가 물고기 배 속에서 하나님을 찬양했던 것처럼 나도 요나처럼 하나님을 찬양하며 하루하루를 보내고 있다. 열심히 청소부로 일하던 이십대의 그 열정과 건강은 내게 없지만 지금 선 자리에서 최선을 다하며 오늘도 노래를 부른다. 요나가 부르는 노래처럼.

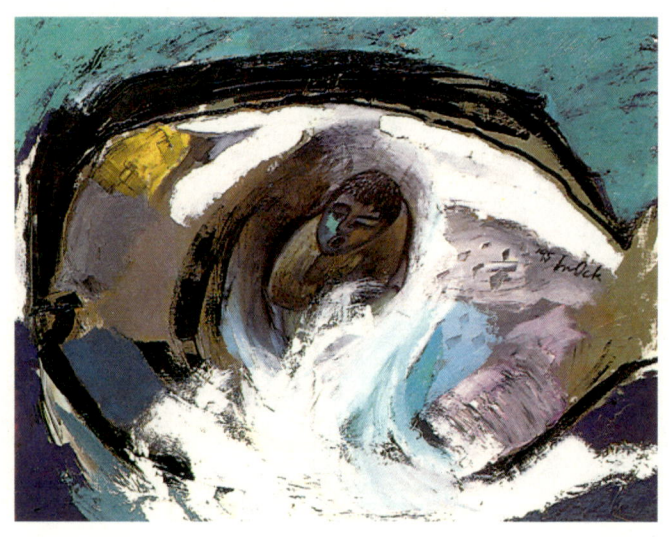

〈요나가 부르는 노래, 1995, Oil on Canvas, 50호〉

하나님과의 약속

사람과 사람 간의 약속은 참으로 중요하다. 그래서 나는 몸이 아프더라도 가능하면 약속을 지키려 한다. 그런데 나이 들어가면서 약속을 지키고 나서는 아프기도 한다. 그리고 때로는 일주일 후의 이 약속을 내가 지킬 수 있을까 하며 노심초사하게 된다. 그래도 크게 무리가 되지 않으면 약속을 지키려 한다.

몇 년 전, 백화점 문화센터에서 수업을 할 때 입원 중이던 나는 링거를 꽂은 채 수업을 위해 세 시간 정도 외출을 한 적이 있다. 의사 선생님의 허락을 받기란 힘든 일인 것 같아서 평소에 안면이 있던 간호사에게 허락을 받아 외출하여 링거를 꽂은 채 수업을 하러 갔다.

그 당시 수업을 받던 수강생 한 분이 "선생님, 이렇게 안 하셔도 되지만 선생님이 이렇게 열심이시니 저는 결석을 절대로 안 할 것이고, 선생님이 진주에 계시는 한 선생님의 수업을 계속 듣는 제자가 될게요."라고 말씀하셨다.

의사 선생님의 눈을 피해 외출하면 안 되는 상황이었지만 문화센터 과장의 눈치가 보이고 직장에서 잘릴까 봐, 그리고 여러 명의 수강생들과의 약속이라 조금 무리해서 지킨 것이 결과적으로 한 명의 제자를 만든 좋은 결과를 낳게 되었다.

그러나 최근에는 목장 예배로 정해 놓았다가도 몸이 아파서 연기하기도 하고, 수업도 많이 아플 때에는 수업 날짜를 변경하기도 한다. 목숨 걸고 약속을 지키는 정신이 많이 희박해진 것 같다.

사람과의 약속도 목숨 걸고 지켜야 하는데 하나님과의 약속은 어떨까. 몹시도 지키기 어려운 하나님과의 약속을 나는 덜컥할 때가 가끔 있다.

병원에 건강 검진을 가서 결과를 기다릴 때 나는 하나님과 조건부의 약속을 가끔 한다. "하나님, 제가 만약 중병이 아니라면 교회에서도 더 많이 봉사하겠습니다." 어쩌다 있는 집회나 수련회 등에서 "선교사들을 후원을 하겠습니다." "제 인생에서 이삼 년은 단기선교를 꼭 가겠습니다." 등등 때로는 지키기 어려운 약속을 덜컥 해놓고 내가 몸이 아프거나 가족 중에 몸이 아픈 이가 있을 때에는 내가 하나님과의 약속을 다 지키지 못하여 어려움을 주시는 게 아닐까 하는 생각에 이른다.

그래도 하나님과의 약속도 하나씩 하나씩 지키려고 노력하는 편이다. 2003년도 개인전을 하기 전 "하나님, 이번 전시의 수익금은 친구 선교사를 후원하겠습니다." 하고 하나님과 기도 중에 약속을 해버렸는데 하나님께서 나의 마음을 읽으시고 수많은 사람을 전시회에 보내어 주셨던 놀라운 체험이 있다. 그때 이후 조금씩 미약하지만 선교사님을 후원하기도 하고 소아 암 환자를 돕기도 하는데 그때마다 하나님께서 다른 선물을 나에게 주신다.

어떤 전시에서는 기도 중에 금액을 정해놓고 기도할 때가 있는데 놀라울 정도로 기도한 액수와 동일한 수익금을 주신다. 속으로 이렇게 기도 응답이 정확하다면 더 많은 액수를 두고 기도할걸, 하고 후회하기도 한다.

그 외에도 아이들을 통한 축복이라든가 수상을 한다든가 가정의 놀라운 평화라든가 이러한 하나님의 선물이 늘 있기도 하고 나의 재능을 통하여 소액이라도 기부할 수 있는 것이 내가 시간을 쪼개어 작품을 열심히 하는 행복한 이유이다. 그래서 때로는 조금 무리가 되어도 하나님과의 약속이 나에게는 참으로 소중하게 여겨진다.

이런 일을 글로 써도 되는지 사실 모르겠다. 오른손이 하는 일을 왼손이 모르게 해야 하는데……. 나의 그릇은 시원한 큰 그릇이 못 되고 조그만 간장 종지에 불과한 것 같다.

그래서 드라마나 소설 쓰는 것이 차라리 쉽게 여겨진다. '신앙이 담긴 수필'을 쓴다 하면서 나의 자랑을 열거하고 있는 것은 아닐까. 탈고를 하려는 마지막 시간이 나에게는 참으로 길게 여겨진다.

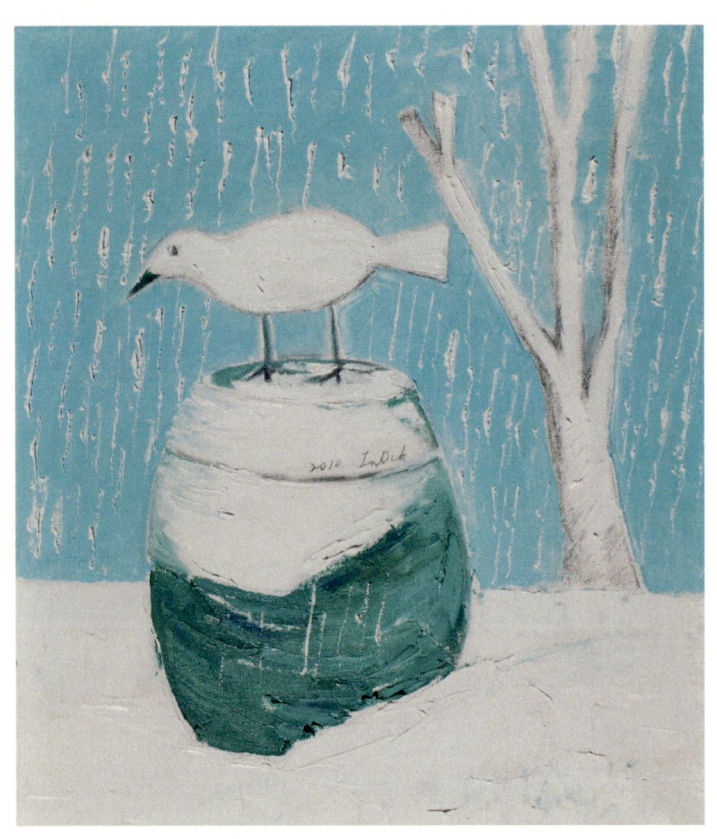

〈고요, 2010, Oil on Canvas, 10호〉

추위도 아픔도 슬픔도
이겨내야만 한다

　이제 석 달 뒤면 큰 딸을 미국으로 유학을 보내야 한다. 합격 통지서를 받을 때만 해도 다른 학교에 비해 학비는 저렴하고 학교는 좋은 곳에 합격했다고 감사한 마음으로 감사기도를 드렸는데 요즘 나의 마음은 불안해지며 딸을 또다시 멀리 보낼 마음의 준비를 하고 있다.

　드라마를 보면 이별의 장면이 자주 등장해서 드라마도 안 보려 한다. 아빠는 여러 가지 서류 등 빠짐없이 준비해야 한다며 가끔 입학 허가서를 받은 대학교 홈페이지에 들러 커리큘럼도 좋고 시설도 좋다며 흐뭇해하곤 한다. 그러나 나는 딸이 겪게 될 어려움들을 예상하며 걱정이 앞서고 어떤 날은 그 이유로 밤잠을 설치기도 한다.

　우리 부부도 6년간의 독일 유학 생활을 한 경험이 있다. 남편은 6년의 유학 기간 동안 두 번이나 한국 땅을 밟았는데 나는 유학길에 오른 후 6년 동안 단 한 번도 한국에 오지 않았다. 물론 가난한 유학생이라 비행기 값도 없었고 내가 학위를 받기 전에는 조국 생각도 접고 오로지 공부에 몰두하기 위함이었다. 주변 유학생들을 지켜볼 때 한국에 자주 가더니 공부도 마치지 않고 귀국하는 학생, 다녀와선 방황하는 학생들을 여럿 보았기 때문이다. 그러나 딸은 방학마다 한국에 오게 하고 싶은 엄마의 바람이 있다.(비행기 값을 엄마가 벌고 싶어서 이 나이에도 부지런히 공모전, 드라마 공모전까지 출품하게 되는 것 같다)

내 작품 중에 〈추위도 아픔도 슬픔도 이겨내야만 한다〉라는 작품이 있다. 딸이 고3이 되는 겨울방학, 다른 도시에서 외고에 다니고 있었기에 서울에 원룸을 구해서 방학엔 엄마가 딸 곁에 가 있었다. 거의 밤을 새고 나서 아침에 학원에 가야 하는 딸이 너무도 안쓰러웠다. 서울 날씨는 영하 17도로 내려가는 날도 있었다.

코와 귀가 빨갛게 되어 돌아오는 딸이 거의 불평하는 소리를 들어본 적이 없다. 늘 열심히 노력하며 기도하며 자신의 미래를 위해 성실히 준비하는 딸의 모습을 지켜보며 앞으로 훌륭한 인재가 되리라는 믿음을 가졌다. 그리고 그 당시 〈추위도 아픔도 슬픔도 이겨내야만 한다〉라는 작품을 딸을 생각하며 하게 되었다.

멀리 가는 아이가 안쓰럽고 불안하고 떠나보내야만 하는 마음이 슬프지만 작품처럼 아이에게는 추위도 아픔도 슬픔도 이겨내야만 한다며 파이팅을 외치고 씩씩하게 보내어야만 한다. 그리고 날마다 하나님께 열심히 기도해야 할 것이다. 비록 가까이에서 돌보아 주지 못하지만 하나님께서 안전하게 지켜주시고 천사를 보내어 주셔서 좋은 친구, 좋은 선생님을 만나게 하시고 좋은 교회에서 신앙생활도 잘하며 유학 생활을 건강하게 씩씩하게 할 수 있도록 기도를 쉬지 않는 엄마가 되어야 할 것이다.

가까이에 있으면서 사이가 좋지 않은 부모 자식 간이 아닌 비록 서로 떨어져 지내지만 서로를 위해 기도하며 믿으며 사랑하며 지내는 부모와 자식이 되도록 노력해야 할 것이다. 처음엔 힘들어도 딸은 오히려 공부하느라 바쁘고 새로운 넓은 세계에서 많이 경험하며 미래를 위해 자신의 업적을 쌓아 갈 것이다.

어쩌면 〈추위도 아픔도 슬픔도 이겨내야만 한다〉를 엄마인 나 자신에게 되뇌어야 할지도 모른다. 만나고 싶어도 멀어 참아야 할 것이고, 함께하고 싶어도 함께하지 못하기에 아쉬울 때가 많을 것이다. 맛있는 것 먹기 좋아하는 딸이기에 식사 때마다 생각날 것이다. 그러한 것을 극복해 나가야 하는 씩씩한 모녀가 되길 준비하며 기도하는 요즘의 하루하루이다.(2012년 4월)

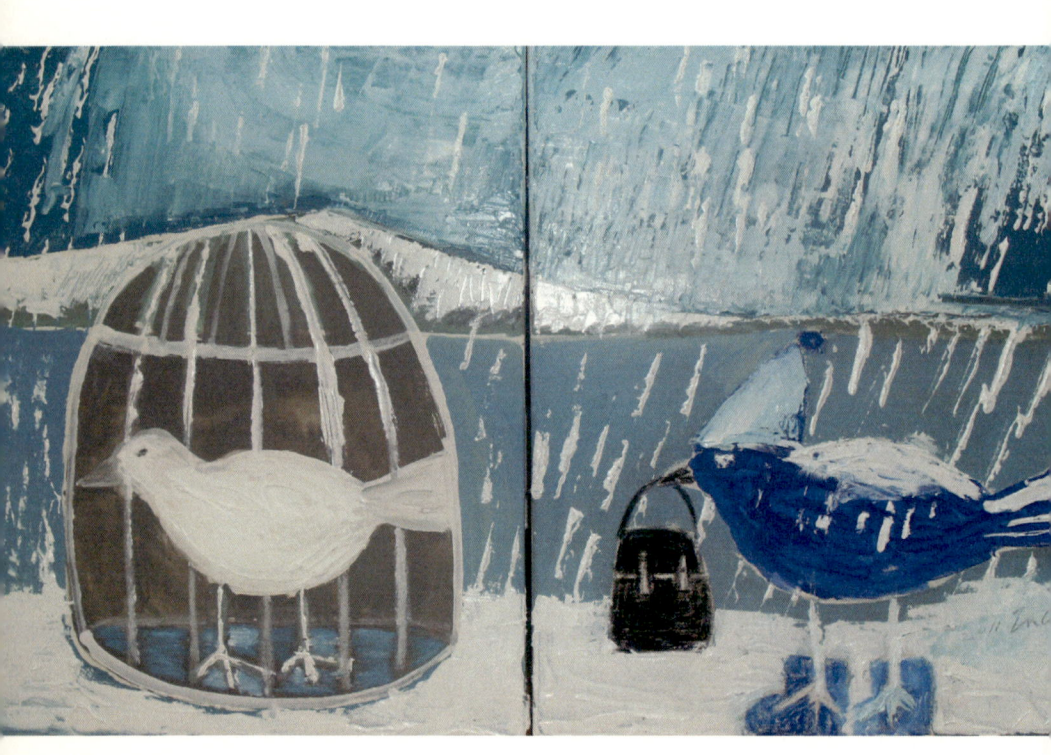

〈추위도 아픔도 슬픔도 이겨내야만 한다, 2011, Oil on Canvas, 16호〉

그림 읽기의
즐거움에 관하여[1]

한국에서 올 때 아끼던 책을 짐을 줄이느라 몇 권만 가지고 왔습니다. 신앙서적 외에 전공에 관한 책들이었죠. 『예술가로 산다는 것』, 『예술에 있어서 정신적인 것에 대하여』, 『종교와 예술』, 『기독교 미술의 원리와 과제』, 『현대미술의 풍경』, 『웬디 수녀의 유럽미술 산책』 등등입니다.

그중 웬디 수녀의 유럽미술 산책이라는 책을 보면 그녀는 그야말로 예술에 관한한 최고의 이야기꾼이라는 찬사를 들을 만합니다. 이 책에서 그녀는 현학적 용어가 난무하는 전문 미술사학자나 미술 평론가와 달리 미술품에 담긴 인간의 감정을 독창적으로 풀어내 지금까지 '난해하기만 한 것'으로 여겨져 온 미술을 누구나 가까이 다가갈 수 있는 것으로 만들어 줍니다.

1) 미국 뉴헤이븐 한인교회 간행물 『믿음의 터』 (2005년 겨울호)에 실렸던 글.

미술에 대한 깊은 사랑과 뛰어난 통찰력으로 역사가나 학생에서부터 삶과 예술의 아름다움에 민감한 일반인들에 이르기까지 사람들에게 새로운 그림 읽기의 즐거움을 선사합니다.

저자 스스로도 "역사가들은 복잡한 분석으로 회화의 가치를 오히려 묻어버리는 경우가 많았다. 우리가 역사의 진한 색채를 거두어버리고 회화 이야기의 경이로움에 몸을 맡긴다면 누구나 타고난 감상력을 회복할 수 있을 것"이라고 말합니다.

그렇습니다. 누구나 타고난 감상력을 가지고 있습니다. 그것을 작가 앞에서 말하면 마치 큰일이라도 나는 것 같은 우리의 잘못된 인식 때문에 작품을 보고 궁금한 것이 있어도 혼자만 궁금해 하고 맙니다.

독일 유학 시절, 어느 큰 미술관에 갔을 때 유치원 아이들이 단체 관람을 하던 중이었습니다. 선생님께서 30명도 넘는 아이들 모두에게 작품을 보고 난 뒤의 느낌을 돌아가면서 이야기하도록 시켰는데 아이들 모두 자신이 마치 평론가라도 되는 것처럼 폼을 잡고 이야기들을 하는 것이었습니다.

그날 제가 본 작품보다 그 풍경이 퍽이나 인상 깊게 다가왔습니다. 게다가 우리나라의 연속극을 할 시간에 독일의 방송에서는 작가에 관하여 한 시간씩이나 방송을 하는 것이었습니다. 그래서 저희 집을 방문한 독일 꼬마가 저의 작품 중 자기 마음에 들지 않는 부분을 서슴지 않고 말하기도 한 것 같습니다.

제가 한국에서 개인전을 할 때 마침 유치원 아이들이 단체 관람을 왔길래 아이들에게 이야기하는 시간을 주었습니다. 그랬더니 아이들은 "아줌마, 저 예수님은 너무 무서워 보여요." "그림이 조용해요." "그림이 따뜻해요." 하며 자신의 생각을 말했습니다. 아이들로부터 객관적인 평가를 들어 저도 즐거운 시간이었습니다.

이곳 나그네 생활에서는 공간이 부족하여 '나만의 작업실'이 없고 부엌 옆 구석에 이젤을 세워놓고 작업을 해야 했습니다. 그러다보니 저희 집을 방문하는 분들 중 많은 분들이(그중에는 그림에 전혀 관심이 없는 분도 계시지만) 여기저기 널려있는 작품들을 보고 질문을 하기도 하고, 식탁에서도 자연스레 그림에 대한 이야기가 전개될 때도 있습니다.

얼마 전, 큰딸 예랑이의 가장 친한 필리핀 친구가 캘리포니아로 이사를 가게 되어 그분들이 떠나기 하루 전날 우리 집에서 함께 저녁식사를 하게 되었습니다. 다음 날 먼 길을 가야하기에 우리는 오히려 마음이 불안했는데 갑자기 그림에 관한 이야기가 나오고 그 가족의 계속되는 질문에 늦은 시간까지 그림 이야기를 짧은 영어로 한참 나누게 되었습니다. 그 이후 그림을 보러 오겠다고 말씀하신 성도도 몇 분 계시고 하여 이런 기회에 그림 읽기에 관한 글을 쓰면 좋겠다는 생각을 하게 되었습니다.

저의 그림은 완전 추상화도 아니고 그렇다고 사실화도 아닌 그래서 '반추상화'라 이름 합니다. 대학 시절에 멋도 모르고 학교 수업 시간의 커리큘럼에 따라 현대미술을 하려면 '추상화'만 그려야 되는 줄 알았습니다. 그러나 보는 이로 하여금 극심한 궁금증을 낳게 하는 그림 "아, sign이 저기니까 저기가 위이겠구나." 정도만 알 수 있다면 그림 보는 재미가 떨어질 것입니다. 그래서 저는 보는 이로 하여금 알 수 있는 쉬운 그림을 그리려고 애씁니다. 그럼에도 때로는 이해하기가 어렵다고 합니다. 이상하게도 그림을 전공하지 않은 자라도 저의 친한 친구들은 저의 그림을 잘 읽어냅니다. 아마도 저의 생각을 많이 알기 때문에 그런 것 같습니다.

그림을 통해서 하나님의 세계를 잘 전하는 것이 저의 소망입니다. 믿지 않는 사람들이, 아니 믿는 자들도 중세시대의 성화를 대할 때 받는 우리의 공통된 느낌처럼 조금은 어둡고 조금은 칙칙하고 뭔가 좀 더 경건해 보이려는 느낌들만 주지 않는 작품을 하려고 작품 하나하나를 할 때마다 거기에 나의 정성과 땀을 쏟아 놓습니다. 이 시대에 필요한 작품은 어떤 작품일까 뭔가 새로운 작품을 시도하기 전에는 이런저런 고민도 많고 좋은 단상이 떠오르지 않을 때는 기도하고 길을 가다가도 "주여!" 하며 하늘만 쳐다보고 가다가 넘어지기도 잘하지요.

요즘은 예기치 않는 시간에 새로운 작품에 대한 단상이 떠오르기도 합니다. 기도를 하는 중에, 혹은 찬송을 부르는 중에, 혹은 설교를 듣는 중에, 혹은 눈이 시리도록 푸른 하늘을 바라볼 때 하나님께로 가까이 가고 싶은 그 마음을 바로 캔버스에 옮기고 싶은 충동이 일 때가 있습니다. 작품을 통해 하나님의 세계를 어떻게 아름답게 표현할까를 늘 고민하고 전시회를 통해 좋은 일도 많이 하고 싶은 게 소망이지만 그에 따라주지 못하는 나의 못난 삶을 생각할 때면 "주여, 불쌍히 여겨 주옵소서." 탄식의 기도가 나옵니다.

〈한 마리 새가 되어〉 〈저 높은 곳을 향하여〉 〈우리들의 이야기〉 〈봄-여름-가을-겨울〉 〈예수 그리스도〉 〈천국 가는 배〉 〈안식〉 〈큐티 하는 기쁨〉 〈외로운 길 그러나 가야 할 길〉 등등은 최근에 그린 작품 제목들입니다. 그동안 10개월 정도의 미국 생활에서 갖게 되었던 여러 감정들과 경험들을 한자리에 모아 보이는 자그마한 저의 전시회가 미국교회, 갤러리에서 곧 있습니다. 많은 분들이 그냥 편안한 마음으로 그림 읽기도 즐거운 일에 속하는 것을 경험하셨으면 합니다. 결코 특별하지도 않고 별로 신앙도 없고 삶 속에서 늘 실패하는 부족한 자의 신앙고백을 모은 작품들입니다. 넘어져도 다시 주님 안에서 오뚝이처럼 일어서고 싶어 하고 이 모습 이대로 하나님께 나아가기를 원하는 화가의 신앙고백을 함께 나누기를 원합니다.

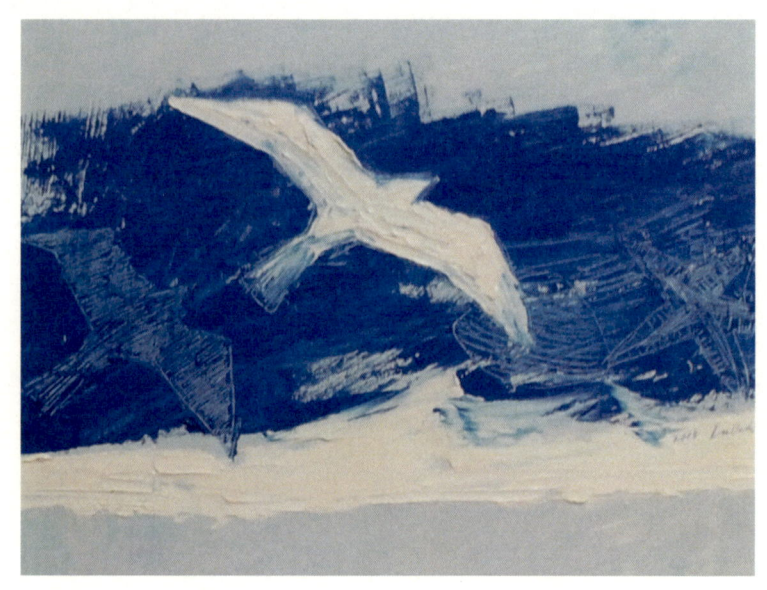

〈저 높은 곳을 향하여, 2006, Oil on Canvas, 10호〉

영혼에 숨겨져 있는
잠재력이 발휘되는 시간
(공모전에 출품했던 글)

EBS 다큐프라임 방송을 나는 즐겨 봅니다.

얼마 전 6월 28일, 29일, 30일 9:50~10:40에 방송되었던 〈매력 DNA 춤, 세상을 흔들다〉〈색다른 비타민〉〈시간의 춤, 영혼의 노래〉에 관한 여러 가지 느낌들에 관하여 언급하려고 합니다. 요즘엔 TV 채널이 많아서 쉬는 시간에 무엇을 볼까 고민하며 리모컨을 가지고 이 방송 저 방송을 돌아다니다 보면 볼 방송이 없어서 TV를 끄게 되기도 합니다. 기본적으로 9시 뉴스는 보아야 세상 돌아가는 것을 알 것 같아서 뉴스를 보면 하루 중에도 사건, 사고가 왜 그리도 많이 일어나는지 마치 전쟁과 같은 우리네 인생인 것 같습니다. 뉴스 도중 좋은 이야기도 가끔 넣어 주어야 살맛이 날 것 같은데 말입니다.

뉴스 외에 건강에 관한 생로병사를 보다 보면 나도 혹시 암이 아닐까 하며 건강에 관한 쓸데없는 걱정을 하게도 됩니다. 물론 건강 정보를 얻는 유익한 방송임에도 불구하고 말입니다. 드라마를 보면 때론 현실과 너무 동떨어져서 드라마 속에 빠지면 마치 우리 가정 사인 것 같고 우리는 문제가 없을까 하며 생각하게 되는 단점이 확실히 있는 것 같습니다.

그런 면에서 다큐프라임 같은 방송은 내용도 건전하고 그 방송을 위해 몇 달간 혹은 1년 이상씩 제작진이 외국에 체류하면서까지 취재하고 지켜보고 한 노력의 결실을 안방에서 이리도 편하게 보아도 될까 싶을 정도로 제작진들의 노고에 큰 박수를 보내고 싶습니다.

우리 인간들은 누구나 다 행복을 꿈꾸며 하루하루 살아갑니다. 청소년들은 그들대로 또 저처럼 중년은 중년대로 제각기 꿈을 갖고 있습니다. 그 꿈이 실현되어 가는 듯할 때 우리는 나름대로 자기의 삶에 가치를 부여하며 보람을 느끼며 살아가게 되는 것입니다.

제가 위에 언급한 방송이 훌륭하다고 이야기하고 싶은 이유는 춤에 관한 이야기를 풀어 나가면서 그 이야기를 다양한 계층에 적용시킨 점입니다. 만약 청소년만을 대상으로 했다면 그들만 시청하고 말았을 테고, 어른들의 이야기만 다루었다면 아이들은 등을 돌렸을 텐데 그 대상을 청소년, 대학생, 20대, 30대 심지어 80대 노인들에게까지 확산시킴으로 우리 인생의 우여곡절을 한자리에서 느낄 수 있게 하는 묘한 매력이 방송을 통해 발산되었던 것 같습니다.

2부에서 다루었던 인천외고 학생들을 통한 실험에서는 하루에 10분만 춤을 추어도 학습 효과가 있었고, 심지어 성적이 월등히 향상

된 학생도 있었습니다. 대학생들에게서도 가만히 서 있을 때는 몰랐던 성향들이 춤으로 발휘되는 개성, 매력 등이 긍정적으로 잘 표현되었던 것 같습니다.

뉴욕 시의 문화센터와 같은 곳에서는 자세도 바르지 않은 노인, 때로는 파킨슨병에 오랜 기간 동안 시달리며 고생하던 환자들에게 리듬과 음악에 맞추어 춤을 추게 함으로써 자신들도 살아 있는 인간임을 자각하게 하고 어두웠던 환자들의 얼굴에 미소가 있게 하는 활력소가 되었던 점 그 부분에선 뭉클한 감동이 있었습니다.

3부에 방송된 부분에선 전문적인 춤을 배우고 춤을 통해 나름의 철학을 전하는 이들의 이야기를 통해 춤이 단지 기분을 업시키는 동작임을 넘어서서 영혼을 맑게 하는 즉 영혼의 문제를 다루는 것에까지 아주 자연스럽게 승화시켰습니다.

우리 인간은 혼자 있을 때나 함께 있을 때나 다 외로움을 느끼는 존재입니다. 나의 진심이 왜곡되어 전달될 때는 더욱 더 슬퍼지는 것입니다. 그 고독한 부분은 하나님을 위해 비워 두어야 한다는 글귀를 책에서 본 적이 있습니다.

마음으로는 하나님께로 향한 기도, 좋은 꿈을 이루고 싶은 간절한 소망 등을 고요히 잘 간직하고 또 우리네 현실을 이겨가야 하는 삶의 현장에서는 영혼의 몸짓인 거룩한 춤을 통하여 '소통'이 이루어져야 할 것입니다. 그것이 타인을 향한 비난이나 질책보다 훨씬 건전하며 긍정적일 것입니다. 그럴 때 큰 숨을 한 번 쉬고 세상을 바라보면 어제보다는 오늘이 나은 것처럼 다툼보다는 용서와 화해, 사랑이 실천되는 우리 삶의 장으로 한 걸음 더 가까이 가게 될 것입니다.

위에 언급한 그러한 복잡한 우리 삶을 그래도 살 만한 세상임을 말해주는 건전하고도 심도 깊은 방송이었습니다. 한 시간의 방송을 통해 커다란 깨달음이 있다면 그것은 농사로 치면 아주 큰 수확일 것입니다. 물론 깨달은 바를 삶에 적용시키고 실천한다는 것은 몹시도 힘든 일이긴 하지만 삶이 메말라 가는 것 같고 기쁜 일이 별로 없는 것 같다고 느끼는 중년의 삶에 그래도 아직은 절망하기보다는 희망을 가지고 살아 보아야겠다는 긍정의 마인드를 가져보려 합니다.

청소년은 청소년대로, 중년은 중년대로, 노년은 노년대로 제각기 서 있는 그 자리에서 즐겁게 삶을 영위하며 의미 있게 생을 꾸려 갈 때 우리에게 절망보다는 희망이라는 단어, 슬픔보다는 기쁨이, '부정'보다는 '긍정'이라는 단어가 다가올 것이며 개인의 삶뿐 아니라 밝고 활기찬 사회가 창조될 것입니다. 우리 영혼에 숨겨진 잠재력이 긍정적으로 발휘될 것입니다.

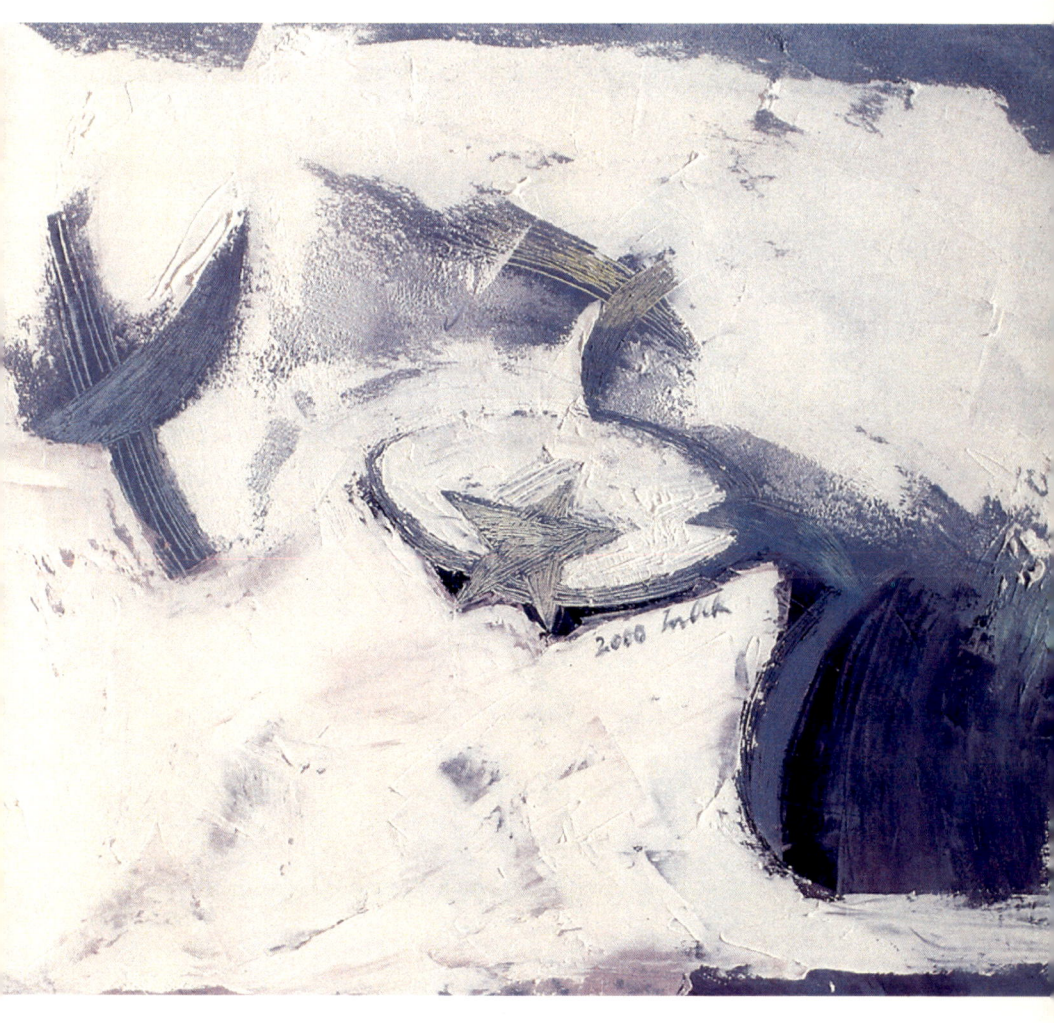

〈지나간 세월, 2000, Oil on Canvas, 15호〉

그리움

큰딸이 멀리 미국에 있으니 나는 날마다 마음속 아련한 '그리움'이라는 병을 앓고 있다. 그리 기쁜 일이 별로 없는 것 같다. 교회의 어떤 집사님(그분은 두 딸을 미국에 유학 보내셨다.)께서는 나보고 "집사님은 한국에 있는 또 한 명의 딸이 있으니 나보다는 나아요. 방학이 금세 와요. 애들은 그곳에서 공부하느라 바빠서 부모만큼 생각할 틈이 없어요." 하시며 위로해 주시기도 했다.

그런데 막내는 고등학교 시절을 보내느라 공부와 진로 걱정에 마음의 여유가 없어진 것 같다. 창의력이 풍부한 아이였는데 한국의 입시 제도 아래에서 삶을 힘들게 여겨가고 있다. 언니가 있을 때엔 웃기는 개그를 자주 했었고, 때로는 자기네들끼리 속닥거리며 다정하게 이야기하고 때로는 깔깔대기도 하더니 요즘 우리 집에 웃음소리가 없다.(자녀의 자존감을 위해서는 부모가 영적으로 깨어있어야한다는 책을 최근에 읽었다. 엄마의 더 절실한기도가 필요함을 절감한다.)

친정 부모님 두 분 다 편찮으신 요즘 저러다 떠나시면 어떡하나 싶어 노심초사 마음이 늘 불안해진다. 마음이 불안해서인지 요즘 이런 저런 꿈을 꾸기도 하고 꿈을 꾸다 놀라 일어나면 식은땀이 흐른다.

어떤 날은 큰딸을 꿈속에서 반갑게 만나 이마며 머리카락을 만져보는 생생한 꿈을 꾸기도 하고, 어떤 날은 부모님과 함께 미국의 넓은 잔디에서 우리 식구들 모두 도시락을 먹는 평화로운 장면의 꿈을 꾸기도 한다. 내 잠재력 속에 큰딸도 함께 살고 싶고, 부모님도 모시고 살고 싶은 두 가지 마음이 공존하는 것 같다. 그러나 현실로 돌아오면 딸은 머나먼 미국에 있고, 부모님은 병원에 계시는 현실이 나를 몹시도 슬프게 한다.

얼마 전까지만 해도 세월이 참 빠르다고 생각했는데 요즘엔 하루하루가 너무도 길게 여겨지고 얼마나 더 이렇게 목을 쭉 빼고 그리움 속에 있다가 언제면 방학이 되어 딸을 만날 수 있을까 싶어 달력을 쳐다보고 또 쳐다보고 그런다.

돌이켜보니 독일 유학 시절 6년 동안이나 한 번도 고국 땅을 밟지 않은 내가 새삼 참 불효자라는 생각이 든다. 독일 학생들 틈에서 그들과 경쟁하며 한국인의 이름을 높이느라 밤잠을 설쳐가며 늘 공부와 씨름했던 유학 시절이 생생하다.

나는 중학교 1학년 때부터 나이 50이 넘은 지금까지 평균 수면 시간이 서너 시간인 것 같다. 중학시절엔 전교 십등안에 드는 성적을 유지하기위해 그랬고(그 성적을 고교시절엔 유지하기 힘들었다. 그 상실감으로 아마도 나는 하나님께 더 열심히 기도하는 여고생이 되었다), 고교 시절엔 좋은 대학에 가기 위해 잠을 늘 줄여야 했다. 대학 시절엔 그 많은 과제를 하느라 그랬고, 유학 시절엔 학위를 얻고 성공적인 유학 생활을 마치느라 그랬다.

귀국해서는 작품을 할 때도 물론 그렇지만 15명 이상의 손님들 식사 초대 시 혹은 특히 명절엔 음식을 장만하느라 때로는 밤이 늦도록 부엌에서 계속 서서 지내어야 했다. 이제 나이가 50이 넘은 지금도 드라마 공모전에 극본을 써서 내고 작품전 준비하느라 때로는 새벽이 되는 줄도 모른 채 나는 일을 늘 해 왔다. 편하게 잠을 자고 있으면 시간이 아깝다는 생각은 건강을 해친다는 것을 잘 알면서도 그 나쁜 습관이 고쳐지지 않는다.

작품을 하고 글을 쓰고 이 두 가지 일 모두 나에게는 머리를 쉬지 않고 때로는 마음도 쉬지 않고 나를 쉼 없이 일하게 만든다. 가만히 누워 있으면 그 시간이 아까워서 벌떡 일어나 작품 구상이라도 하고 요즘엔 그 생각들을 글로 옮기는 일을 하느라 눈코 뜰 새 없이 바쁘다.

남들은 아마도 내가 날마다 나가는 직장인이 아니기에 시간적 여유가 많은 것으로 오해할지도 모른다. 그러나 수필을 쓰며 새로운 작품을 구상하며 그것을 캔버스에 옮기며 날마다 열심히 일하는 나는 마치 천국 가는 티켓을 끊어놓고 준비하는 자 같은 삶을 살고 있다.

큰딸 역시 잠이 없다. 한국에 있을 때에도 이제 그만 자라고 늘 이야기했던 것 같다. 고3 때에는 엄마까지 함께 때로는 한 시간 혹은 두 시간밖에 못 자는 고충을 함께 겪어야 했다.

공부할 것 많은 유학의 시간들. 또 얼마나 많은 밤을 꼬박 샐까 걱정된다. '엄마가 옆에 있으면서 책을 손에서 놓고 자게도 하고 맛있는 것도 해주어야 하는데…….' 하는 생각에 안쓰러워서 오늘도 잠을 설친다.

걱정도 하지 않는 남편을 볼 때면 서운할 때가 있다.(그러나 나는 안다. 남편도 날마다 아이의 안전과 건강을 위해 기도하고 있다는 걸.) 내가 그리 반대했는데도 기어코 그 멀리 남편이 보냈지만(물론 넓은 세계에서 학문하게 하고 싶은 아빠의 큰 뜻을 모르는 바도 아니고 우리 부부 역시 6년간 유학 생활을 했기에 남편 탓만 할 수는 없다.) 딸도 더 넓은 세계로 가고 싶은 마음이 70%는 있었던 것 같다. 씩씩하게 태권도도 하며 신앙생활도 잘하며 열심히 공부하고 잘 지내고 있는 딸을 보면 다행이라 여긴다.

딸이 가끔 시차를 잊고는 엄마에게 카톡 문자를 한국 시간으로 새벽 세 시경에 보내기도 한다. 그러면 나는 바로 "이제 그만 자야지. 건강 상하면 안 된다." 하고 답장을 바로 보낸다.(그곳이 낮 시간인 줄도 모르고 '굿나잇'이라는 이모티콘을 보낸다.) 이제는 겨우 시차를 파악했다. 미국 시간이 새벽 3시일 때 문자가 오면 "빨리 자야지." 하고 1초 후에 문자를 보낸다. 그래도 거의 매일 멀리 있는 딸과 소통할 수 있으니 얼마나 세상이 좋아졌는지 모른다.

내가 독일로 유학을 갔을 때 비록 결혼해서 갔어도 부모님의 심정이 지금 내가 딸을 향한 심정과 같았을 것이다. 공부도 성공적으로 해야겠지만 첫째는 건강하기를 바라셨을 것이고, 먹고 싶은 한국 음식이 얼마나 많을까, 이런 생각을 하셨을 것이다. 가끔 친정어머니께서 봄에 개나리가 피면 "독일에도 개나리가 필까? 우리 막내가 보고 싶다." 늘 그러셨다고 한다. 나도 자식을 키우며 이제는 부모의 심정을 알겠기에 부모님께 잘해드려야 하는데 늘 불효자인 것 같다.

나는 요즘 주변에서 친정 부모님이든 시부모님이든 부모님을 모시고 사는 사람들이 이 세상에서 가장 위대하게 보인다. 우리 아이들 챙기느라 혹은 우리 살기 바빠서 자주 찾아뵙지도 못하는 이런 불효가 어디 있는가. 우리도 우리 딸들이 결혼한 후에도 바쁘다고 자주 못 만나고 하면 지금의 부모님 심정이 생각날 것이다.

큰딸이 초등 4학년 때 "엄마는 내가 커서 어떤 사람이 되었으면 좋겠어요?" 하고 질문했을 때 무언가 멋진 답을 해 주어야 할 것 같아서 "글쎄, 무언가 유명한 사람이 되기보다는 테레사 수녀님처럼 봉사하고 세계를 품을 수 있는 훌륭한 사람이 되었으면 좋겠다."고 답해 주었다. 그리고 항상 꿈을 크게 가지라고 강조했더니 큰 꿈을 가지고 너무도 멀리 비상해 버렸다.

많은 한국 학생들이 유학길에 오르고 우리 부부도 6년이라는 짧지 않은 유학 시절을 보냈지만 그럼에도 자식을 멀리 유학 보내고 나니 시간도 이리도 더디게 흘러가고 오랜 시간 만날 수 없음이 이렇게 아픈 줄 몰랐다. 엄마와 함께 대화하며 걸어가는 여대생을 길에서 마주치면 나는 부러워서 얼음처럼 굳어 버린다. 어젯밤 꿈에서도 딸을 만나긴 했는데 엄마는 기뻐서 어쩔 줄 몰라 했는데 딸은 바쁘다며 어디론가 계속 가는 것이었다.

시인들에게 있어서 자주 등장하는 주제가 '그리움'인 것 같은데 이러다가 나도 시인이 될 것 같다. 이렇게 자식을 그리워하며 그렇게 그렇게 우리의 부모님들도 연세가 드신 것 같다. 이렇게 나도 자식을 그리워하며 늙어가는 것 같음을 체험하는 가을의 문턱에 외롭게 서 있다.

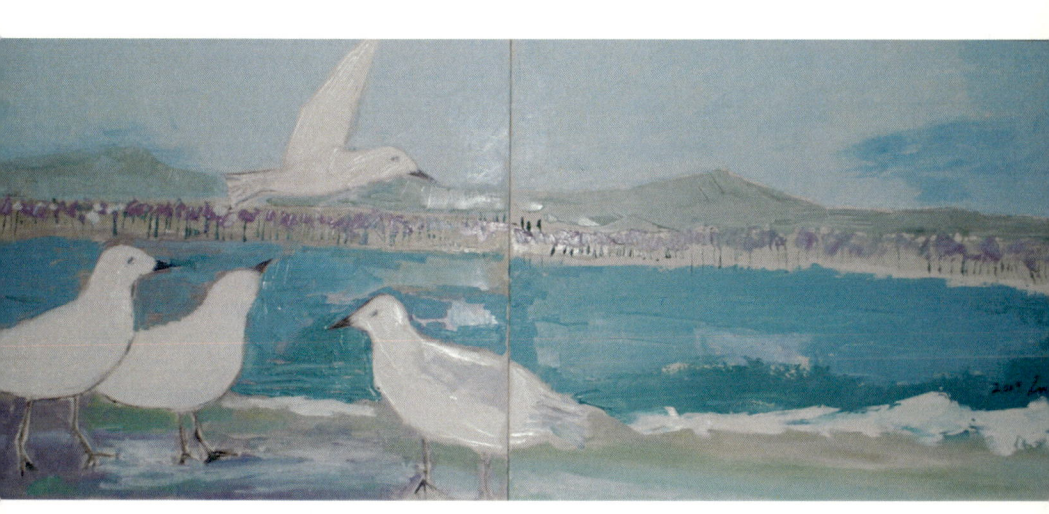

〈어딜 가려고 하니? 엄마 저 높은 곳을 향하여 날아가고 있어요,
2009, Oil on Canvas, 30호〉

새롭게 하소서

TV 프로그램 중에서 날마다 즐겨보는 프로그램이 있다. CBS에서 하는 간증프로 〈새롭게 하소서〉이다. 뉴스도 거의 매일 보지만 어쩌다 안 볼 때도 있다. 요즘엔 인터넷을 통해 뉴스를 볼 수도 있기 때문에 어떤 날은 뉴스만 보면 사람이 죽은 소식, 국회의원들 싸우는 소식, 정치가들의 비리 등등 이마를 찌푸리게 하는 소식들로 가득 차 있기에 뉴스를 접하지 않은 날이 차라리 마음이 편할 때가 있다.

그러나 〈새롭게 하소서〉를 보면 살아 있는 희망의 이야기, 어려움 속에서도 꿋꿋이 삶을 잘 헤쳐 간 진솔한 인간 승리의 이야기가 살아 있다. 각색한 내용도 아니고 원고가 있는 것을 읽는 것도 아닌 각자의 살아온 이야기를 그대로 하기에 나는 이 프로그램에 출연하는 많은 훌륭한 크리스천들의 삶을 보고 듣고 함께 미소 짓고 때로는 함께 울기도 한다.

그 방송을 보며 나보다 훨씬 힘든 상황 가운데서도 항상 감사하며 살아가는 이들이 많다는 것을 본다. 나라면 금방 좌절했을 어려운 환경을 신앙과 기도로 극복한 아주 훌륭한 분들이 그래도 많다는 것을 보고 배우게 된다.

그래서 그날의 시간들이 다소 힘들었던 날도 밤 10시에 방영하는 〈새롭게 하소서〉를 보고 나면 반성도 하고 위로도 받으며 "주님, 나를 새롭게 해주소서." 하고 기도하며 마무리할 때가 많다. 시간으로 보아서는 하루를 마무리 짓는 시간이기도 하지만 이 방송을 보고 나서 정신을 바짝 차리고 내가 그 날에 미처 하지 못한 일을 돌아본다.

조금 늦은 시간이기는 해도 위로가 필요한 사람 혹은 격려가 필요한 사람에게 문자를 보내기도 한다. 너무 늦은 시간이라 여길 때는 다음 날 문자라도 보내야겠다고 메모라도 해놓는다. 또 때로는 편지를 쓰기도 하고, 나의 새로워진 좋은 생각들을 글로 옮길 때도 있다. 그래서 새로워진 생각으로 밤을 꼬박 뜬눈으로 보낼 때도 있다. 마치 솜에 물이 잘 흡수되듯이 그 좋은 내용이 나에게 잘 흡수되는 것 같다. 그래서 지면을 통해서도 이 방송을 소개하고 싶은 것이다.

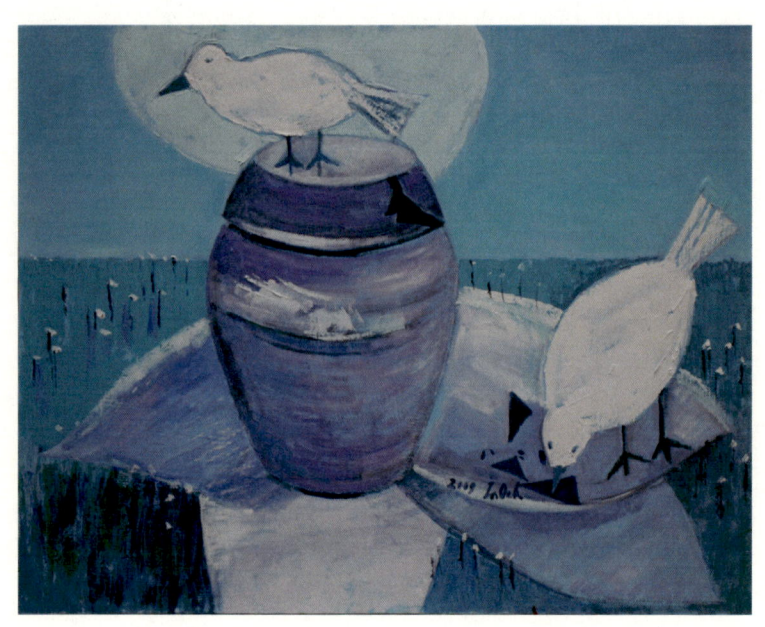

〈깨어진 마음 치유하는 평화의 항아리, 2009. Oil on Canvas, 50호〉

저 높은 곳을 향하여

우리 인간은 각각 저마다 꿈을 가지고 있다. 그 꿈은 다양할 것이다. 어떤 이는 원대한 목표와 꿈을 갖고 있고 어떤 이는 아주 소박한 꿈을 갖고 있다. 나는 청소년 시기에 있는 우리 두 딸에게 항상 꿈을 크게 갖고 그 꿈을 잃지 말라고 자주 이야기한다.

누구나 그러하듯이 나의 꿈도 여러 번 변해왔다. 나는 어린 시절엔 변호사가 되고 싶었고, 고교 시절엔 화가가 되고 싶어 했고, 미술대학을 진학한다면 친정 큰언니처럼 서울대학교 미술대학을 꼭 가고 싶어 했다.

서울대학을 가지 못한 나는 대학 시절엔 수녀가 되고 싶었고, 독일 유학을 다녀와선 꼭 대학교수가 되고 싶었다. 강의 내용이 좋아 학생들에게 명강의를 하는 명교수가 되고 싶었다. 그러나 지금 현재는 우리 교회의 명씨 성을 가지신 명 교수님과 같은 회사의 아파트에 살고 있을 뿐이다. 그저 평범한 화가로서의 삶을 살고 있다.

2006년도에 뉴욕에 있는 '성경 미술관'을 방문한 적이 있다. 인터넷에서 보고 찾아 갔으나 아직 개관 전이라 아마 한 달쯤 뒤에 다시 방문을 했던 것 같다. 때마침 '루오전'이 열리고 있었고 전시 옆 공간에서는 클래식 음악 연주회가 열리고 있었다.

나 역시 크리스천 작가로서 이만하면 충분히 신앙적인 작품을 하고 있다고 자부하고 있었는데 십자가 사건, 가시면류관 쓰신 예수님 등 신앙적인 작품을 유감없이 보여주고 있는 '루오전'을 보면서 크리스천 작가로서 크나큰 감동을 받았다. 그러고는 그날 그 장소에서 "주님! 15년 후쯤 저도 뉴욕에 있는 이 성경 미술관에서 꼭 전시를 하고 싶습니다. 그렇게 되도록 인도하여 주세요."라는 기도를 올렸다.

그러고는 4년의 세월이 흐른 지금 50이 넘은 이 나이에 나는 아직도 참 큰 꿈을 가지고 있구나, 생각하게 된다. 그 당시 15년 후이면 내 나이 60쯤 될 때인데 뉴욕행 비행기를 탈 수 있을지 가장 먼저 건강이 걱정된다. 그러나 그 당시 크리스천 작가로서 작품을 통해 가슴 뭉클한 감동을 받았던 것을 기억하면 '나도 열심히 작품해서 감동을 줄 수 있는 작가가 되어야지. 세계적 작가가 되어야지.' 하는 원대한 꿈을 갖고 있다.(2010년도에 쓴 글)

그런데 올해부터 큰딸이 뉴욕과 가까운 곳에서 공부를 하게 되니 그때 하나님께 올렸던 기도가 떠올랐다. "엄마가 뉴욕에서 전시할 수 있도록 먼저 가서 잘 알아보라."며 숙제를 내주기도 했다.

뉴욕에 가서 그립던 딸도 만나고 뉴욕에서 전시를 하려면, 아니 뉴욕행 비행기를 타려면 건강해야겠다며 요즘 열심히 운동하고 있다. 물론 작품도 열심히 준비하고 있다. 나의 명예를 위함이 아닌 주님의 이름을 높이기 위해 저 높은 곳을 향하여 열심히 작품하며 오늘을 살고 있다.

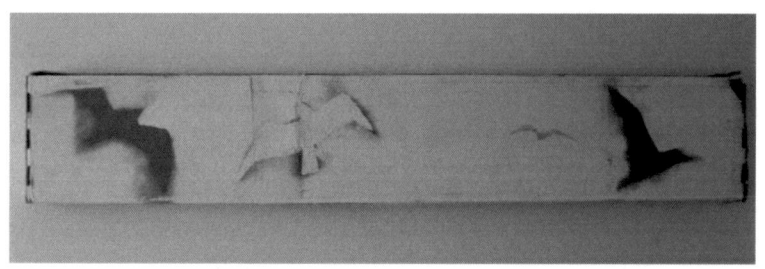

〈저 높은 곳을 향하여, 2005, 박스에 혼합재료, 120x20x5cm〉

가을에 드리는 기도

　하나님 아버지, 이 시간에도 내가 살아 숨 쉬고 있음이 감사합니다. 나이 들어 병원에도 자주 가지만 큰 병은 비껴가고 있음을 감사합니다. 그래도 아직은 양 부모님이 모두 살아 계시며 예수님을 아직 모르는 친정 부모님이 늘 걱정되지만 아직은 전도할 기회가 있음을 감사합니다. 더 늦지 않게 복음을 기회가 있을 때마다 전해야 되겠습니다. 요즘 두 분 다 편찮으신데 병이 심해지지 않고 하루 속히 낫게 해 주십시오.

　제가 중학교 1학년, 믿지 않는 가정환경 속에 있을 때 가족의 건강을 위해 처음으로 교회를 찾아 아무도 없는 예배당에 무릎 꿇고 드렸던 기도를 하나님 기억하실 것입니다. 하나님 그 어린 시절 그 심정으로 주님께 간절히 기도하오니 주님! 부모님께서 하나님을 믿기 전에는 데려가지 마시고, 하나님을 영접하고 신앙생활을 하시다가 천국에 가실 수 있게 해 주세요.

　그리고 시부모님 신앙생활 잘하게 하심 감사합니다. 지금처럼 늘 열심히 기도하시며 건강하게 지내시게 해 주세요.

멀리서 공부하는 우리 예랑이, 늘 건강하게 해 주시고 위험한 일 절대 없도록 늘 지켜주세요. 우리 예솔이, 공부 스트레스 받지 않고 원하는 대학에 가서 꿈을 펼칠 수 있게 해 주세요.

남편도 늘 건강하게 학교의 맡은 일 잘 감당하게 하시고 훌륭한 교수가 되게 해 주세요. 학문을 통해서도 하나님께 영광 돌리는 학자이게 해 주세요.

친정 언니들과 형부들, 큰오빠, 신앙생활 하게 해 주시고 큰언니의 건강을 특별히 지켜주세요. 기부를 즐겨하는 큰언니와 큰 형부, 그리고 둘째언니의 그 마음이 귀하게 열매 맺게 해 주세요. 둘째언니와 셋째언니 각 가정들 지켜주세요. 형부들이 훌륭한 기업가, 훌륭한 의사가 되게 해 주세요.

작은오빠 하는 일들 통해 하나님 나라 위해 귀하게 쓰임 받는 일꾼이 되게 해 주세요. 새언니가 하는 사역 위에도 늘 새로운 힘을 주세요. 시동생 역시 좋은 교육자 되게 해 주세요. 시동생과 동서가정, 아이들 고모와 고모부 가정 모두 지켜주시고, 그 외 친척들, 믿는 이들에게는 새로운 꿈을 허락하시고 믿지 않는 이들에게는 복음이 전해지게 해 주세요. 신앙생활 잘하고 있는 주현이를 비롯하여 조카들 모두 귀한 일군들 되게 해주세요.

저도 건강 허락해 주시고 사랑받는 며느리 되게 해 주세요. 그리고 딸로서 부모님께 복음을 잘 전할 수 있게 해 주세요. 좋은 그림 많이 그려서 선교사님도 돕고 기부도 많이 하게 해 주세요. 그리고 넉넉한 맘으로 살게 해 주세요.

주님의 교회가 더 성숙한 신앙공동체 되게 해 주시고, 교회에 속한 모두들 지켜주세요. 목사님과 사역자들 모두 지켜주시고, 교회 일 하면서 서로 마음 상하는 일 없도록 해 주세요.

우리나라에 꼭 필요한 신앙 있는 대통령이 선출되게 하셔서 선진 기독교 국가들처럼 그런 좋은 나라 되게 해 주세요. 그리고 시민의식이 발전하게 하셔서 길에서도 차들이 사람을 먼저 지나가게 하는 배려가 있게 해 주세요.

사람을 외모로 평가하는 분위기보다는 열심히 노력하고 성실한 자가 대우받는 사회가 되게 해 주세요.

학교 폭력 모두 없어지고 학생들이 마음 놓고 학교 가서 행복한 학교생활 하게 해 주세요. 입시 제도가 바뀌어서 학생들에게 많은 기회가 주어지도록 해 주세요.

일자리가 없어서 슬픈 사람들이 너무 많습니다. 이들의 마음을 지켜주시고, 좋은 일자리, 건전한 일자리가 많은 나라 되게 해 주세요.

성폭력 근절되는 나라가 되게 해주셔서 자녀들 안심하며 키우는 깨끗한 사회가 되게 해 주세요.

아이 같은 마음으로 시작된 가을의 기도가 머릿속을 복잡하게 하는 여러 사회 문제를 떠올려 결국 복잡한 기도가 되었습니다. 주님! 우리가 자연 속에서 느끼는 순수한 감정들이 늘 유지되도록 우리의 마음이 시원한 바람처럼 예쁜 꽃처럼 맑고 밝아서 희망을 가지고 살 수 있게 해 주세요.

　구름 한 점 없는 파란 가을 하늘을 바라볼 때 이 세상의 모든 시름을 잠시라도 잊는 것처럼 주님 곁에서 늘 아이처럼 살아가고 싶습니다.

　빛과 소금이 되라 하신 주님의 말씀을 지키고 싶습니다.

　용서하라 하신 말씀 실천하고 싶습니다.

　서로 사랑하라 하신 말씀 흉내라도 내고 싶습니다.

　그러나 큰 그릇이 못 되는 나는 참된 크리스천으로 살아내는 것이 참으로 힘이 듭니다.

　하나님! 저에게 새로운 힘과 용기를 주시고 절망보다는 희망하며 씩씩하게 살아가게 해 주세요.

　가을의 어느 주일 저녁, 주께서 사랑하시는 딸 박인옥이 예수님의 이름으로 기도드립니다. 아멘.

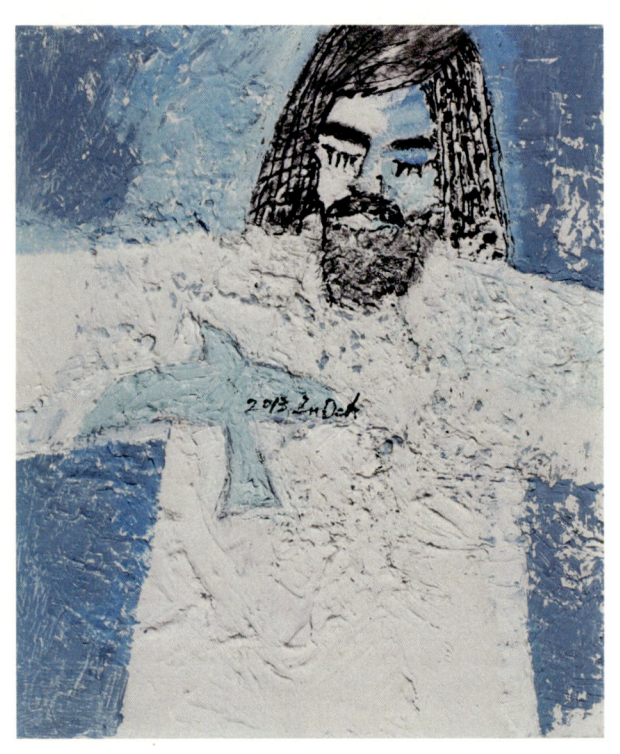

〈부활아침의 햇살,10호, 2013년,oil on Canvas〉

기운 옷 같은
생각조각들

글을 쓴다는 것은 즐거운 일이기는 한데 그림을 40년 가까이 그려온 화가인 나에게는 그림보다는 글이 역시 힘들게 여겨진다.

오래전, 진주 경남문화예술회관에서 개인전을 할 때 알리지 않았음에도 오픈일에 많은 분들이 오셨다. 사회를 보던 후배가 '작가의 인사말'을 시켰는데 원고도 미처 준비 못했던 터라 괜히 길게 이야기해선 집에 와서 후회했던 적이 있다. 그냥 작품으로 나의 이야기를 대신했으면 좋았을 텐데, 하는 아쉬움이 있었다. 항상 생각하는 것이지만 말을 많이 하고 나면 이미 한 말을 도로 그릇에 담을 수도 없다. 그래서 말에는 꼭 절제가 필요하고 말을 아껴야 하는 것 같다.

"나는 주부 화가라서 된장찌개를 끓이다가 뛰어가서 그림을 그리기에 그림에서 된장 냄새가 나기도 합니다."라고 말하여 사람들이 '하하' 웃었다. 순간 '아! 내가 또 주책을……' 하며 후회했다.

그때 오신 분 중에는 대학 총장님도 계셨는데 작품이 좋다며 "대학에 강의도 나오면 좋겠는데……."라고 말씀하셔서 기대하며 기다렸는데 아직 소식이 없다. 물론 그분은 정년퇴임을 하셨다.

그림은 오랜 세월 그려왔기에 어디에서 붓을 놓을 것인가를 나는 잘 안다. 감사하게도 설명이 많이 필요 없는 그림에서 적당히 생략할 줄 아는 경험과 지혜가 그 세월 동안 쌓인 것 같다. 그런데 글은 어디에서 마침표를 찍어야 할지…….

큰딸은 멀리 미국에서 응원의 메시지를 보내주고 고등학생인 막내딸 역시 엄마 책이 대박나기를 바란다는 문자도 보내 주었다.

글을 쓰는 중이지만 나는 한 달에 50번 이상은 식구들 밥을 짓고 늘 새로운 요리로 밥상을 차리는 조선시대 여자로 살아가고 있다. 나는 밥상 차리기를 즐기는 편이다. 어머니께서 어린 시절 우리에게 늘 맛있는 것을 해 주셨던 그 손맛을 기억해 내어 흉내라도 내려 한다.

내가 가르치는 주부들도 한 학기에 한 번은 꼭 내 손으로 차린 밥상 공동체의 즐거운 시간을 가진다. 그럴 때 내 남편이 책에서도 늘 주장하는 '연대감'이 자연스레 형성되는 것 같다.

우리 딸 말대로 대박은커녕 책으로 과연 나올 수 있을지 모르겠다. 책이 나오고 나서 읽을 거라는데도 불구하고 글 세 편을 읽어 주며 "책으로 내도 될까? 자신이 없다."고 했더니 우리 딸이 "무언가 feel이 온다."고 했다.

병원에 계시는 친정아버지께도 원고를 보여드리며 "아버지, 책으로 만들어도 될까요?" 했더니 원고를 손에 드시자마자 단숨에 다 읽으시고는 얼른 책으로 만들어 세상에 알려야 한다며 용기를 주셨다.

친정아버지는 대학에서 영문학을 전공하셨다. 그것도 지금의 그 명문대 연세대학교에서. 그리고 젊은 시절 고등학교 영어 선생님으로 오랜 세월 봉직하셨다. 그래서 나는 아버지의 그 문학적 안목을 믿기로 했다. 목장 모임을 할 때에도 글 두 편을 읽어 드리고 자문을 구했더니 한 장로님께서 고맙게도 용기를 주셨다. 요즘 과연 내 글을 책으로 내어도 될까? 여론조사를 하고 있다.

얼마 전, 친정어머니께서 또 수술을 하셔서 입원 중이신데 친정 작은오빠와 새언니가 어머니 병간호를 극진히 하며 내가 쓴 '가을에 드리는 기도'를 읽어드리며 눈물이 났다고 했다. 부족한 글임에도 불구하고……(그 전날 영접기도를 하신 어머니의 손을 잡고 또 기도를 하며 흘린 감격의 눈물일 것이다.)

누군가가 "전문가란 특정 분야에서 실수와 잘못이 충분히 쌓이면 언젠가는 그 분야의 전문가로 불리게 될 것입니다."라고 말했다. 내가 그림을 그려온 40년 가까운 세월이 나를 그림의 전문가로 만들어 주었다. 그림에 비하면 이 책은 처음 세상에 내어놓는 책이기에 수많은 실수가 드러날 것이다. 그래서 두려움도 있지만 실수를 통해 조금씩 전문가의 단계로 걸어 갈 수 있다면 나는 그 실패를 기꺼이 감수하려고 한다. 그리고 나는 미술대학 출신임을 독자들이 아시고 어여쁘게 보아 주시길 부탁드리고도 싶다.

이렇게 부족한 글들을 모아 책으로 엮으려 하다 보니 요즘엔 눈을 뜨자마자 머릿속이 온통 책 생각으로 가득 차 있다. 어제도 자기 전에 수정할 부분을 읽다가 원고를 들고 안경도 쓴 채 아마도 원고를 가슴에 얹고 잠이 들었다. 낮에도 길을 걷다가 "마지막 한두 편만 쓰고 이제 이 책의 막을 내려야지."라는 생각에 또 넘어져서 깁스할 뻔했다.

나는 하늘이 몹시도 푸르다고 감탄하며 하늘만 보고 걷다가 다리를 다쳐 깁스를 했던 사람이다. 결혼 후 지금까지 다섯 번이나 깁스를 했으니 내가 생각해도 한심한 사람이다. 그 덕분에 깁스 한 번할 때마다 불어난 몸무게는 잘 감량이 되지를 않는다.(이 이야기를 괜히 해서는 지금 이 글을 쓰는 동안에 나의 왼쪽 발에는 또 깁스가 붙어 있다.) 내가 변명처럼 이 이야기를 하면 사람들은 나를 조금 이상한 사람으로 보려 한다.

우리 집을 방문하는 지인들 중에는 나의 결혼사진을 보고는 친정 여동생이냐고 질문한다. 신랑이 지금의 신랑과 동일 인물이고 참고로 친정에서 나는 6남매 중 제일 순위가 낮은 막내이다. 그러면 나는 애써 "약 30년 전의 나의 모습이에요."라고 말한다. 그러면 농담인 줄 알고 어떤 분은 그럴 리가 없다며 내기까지 하자고 하신다.(잘 살고 있는 우리 부부의 증명사진을 제발 믿어주세요.)

잠시 생각도 멈추고 장도 보아야겠기에 바깥으로 나왔다. 여느 때처럼 오래된 옷 블라우스를 하나 가방에 넣어 수선 집에 잠시 들렀다.

뜯어진 곳을 이미 기운 적 있는 블라우스라 수선 집 사장 아주머니께서 "이제 그만 버려야 될 옷 같은데 이걸 또 고쳐서는 어찌 입으려고……." 하시며 썩 좋아하시지 않는다. "너무 그러지 마시고 좀 고쳐 주세요. 그래야 아이들 공부도 시키고 좋은 일에 후원도 하지요. 쓸 것 다 쓰면 아무것도 못해요."라고 말하며 달래듯 겨우 옷을 맡겨놓고 왔다.

우리 주님의 교회에선 알뜰장터를 1년에 한 번씩 연다. 지금까지의 수익금이 사천 삼백만원이나 되는데 그 수익금으로 소아 암 환자나 불우이웃을 돕는 데 사용해 왔다. 그러니 내가 수익금에 보탬이 된다는 마음에 옷이 충분히 있는데도 천 원짜리 옷을 자꾸 사게 된다. 그 알뜰장터에서 오백 원 혹은 천 원 주고 산 옷을 수선비 삼천 원 들여 고쳐도 합이 오천 원도 안 되고 적당히 잘 고치고 거기다 성경 구절까지 써 놓으면 세상에서 하나밖에 없는 창의적인 작품이 된다.

게다가 나는 친정 언니가 셋이나 되어 언니들로부터 선물을 자주 받는다. 특히 둘째 언니는 내 생일이 되면 꼭 옷 선물을 한가득 보내준다. 한 번씩 선물로 그것도 박스채로 가득 부쳐주는 고급 옷들을 있는 거니까 교회 갈 때 입고 가면 미안한 생각이 든다. 내가 돈을 주고 산 옷도 아닌데 괜히 오해를 받는 것 같기 때문이다. 왠지 나에게 어울리지도 않는 것 같고……. 내 몸뚱어리가 비싼 것도 아닌데 고급 옷, 고급 가방은 나와는 어울리지 않는 것 같다. 언니들로부터 받는 선물들, 모두 사랑의 빚이다.

20년 전 옷도 잘 수선하면 멋진 옷으로 탄생한다. 이상한 옷을 들고 가서 기워 달라고 하니 수선 집 사장님도 이제 포기하신 것 같다. 이번 학기엔 수강생들에게도 입던 옷을 리폼하여 수선하는 숙제를 내 드렸다.

올해에도 어김없이 알뜰장터가 열리고 그곳에 내어놓기 위해 옷
장 정리를 했다. 잘 입지도 않는 옷이 왜 그리 많은지……. 어떤 옷
은 작년에 알뜰 장터에서 천 원 주고 사서 빨래해 놓고는 한 번도
입지 않았기에 올해 슬쩍 다시 내어 놓았다. 친정 언니들로부터 받
은 옷, 살쪘다고 맞는 옷이 없다며 세일할 때 구입한 옷들, 알뜰장
터에서 십 년 동안 구입한 그 많은 옷, 20년 전 옷을 이리저리 수선
한 옷 등등. 이러니 옷장은 늘 만원이다. 이제는 옷을 사지 않아야
겠다. 올해 알뜰장터에서 처음으로 옷을 사지 않았다. 단돈 오백 원
이어도 큰 결심이 필요했다. 이제부터는 옷보다는 책이, 옷보다는 작
품이 더 많게 해야겠다.

테레사 수녀님이나 김수환 추기경이나 그런 분들은 유품이 단출
하니 몇 가지 없었다는데 나에게는 너무나 많은 물건들이 있다. 너
무도 부끄러운 일이다.

옷을 이리저리 기우면 멋지고 창의적인 옷으로 거듭나듯이 조각
난 생각들도 모아서 잘 이으면 좋은 큰 생각들이 되리라 믿는다. 옷
은 이리저리 기우면 조금은 표시가 나지만 생각은 기운 표시가 덜
나는 것 같다. 옷은 20년 전 옷을 못 버리지만 좋지 않은 생각은 즉
시 버리는 것이 좋은 것 같다.

좋은 생각들이 모여 훌륭한 인격을 만들고 좋은 생각을 가진 사
람들이 모여 아름다운 가정, 아름다운 사회, 아름다운 교회, 아름다
운 나라를 만들 수 있으리라 믿는다.

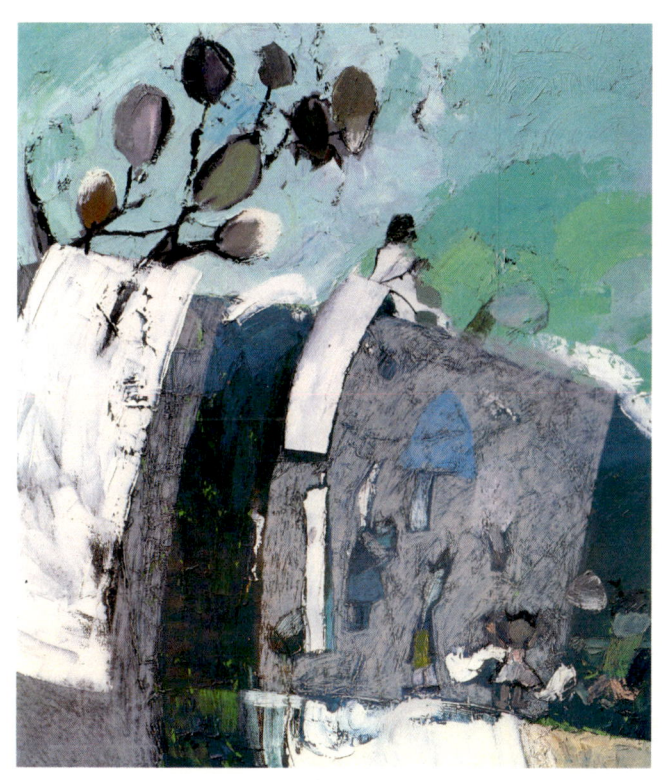

〈생명의 기쁨, 1993, Oil on Canvas, 100호〉

추억 모음

추억 1

우리 부부는 아기를 낳기 몇 년 전부터 아기 이름을 지어놓고 누구 엄마, 누구 아빠, 라고 불렀다. 딸일지 아들일지도 모르는 채 갖지도 않은 아가 이름으로 예랑(예수님의 사랑 줄임말)이라고 지어 놓았다. 아기를 낳고 나서 한 치의 망설임도 없이 그대로 불렀다.

독일 유학 시절, 우리 한인교회 지휘자님께서 둘째 아기가 곧 태어날 것이라며 아기 이름을 '이랑'이라고 지을까 한다고 하셨다. 나는 우리 아기 이름과 너무 비슷해서 곤란하다는 표정을 짓고 이내 용기를 내어 우리 아기가 예랑이라고 했다.

그 당시 그분은 성가대 지휘자, 나는 반주자였다. 내가 그렇게 말하자 그분은 공개석상에서 아직 갖지도 않은 아기 이름을 지어놓고 곧 태어날 아기 이름과 비슷해서 안 된다 하는 사람이 어디 있느냐 하셨지만 결국 그 지휘자님은 둘째 아기 이름을 계명으로 지으셨다.

그 부부는 오페라단에서 이도령과 춘향이로 만나시고 두 분 다 성악가이시기에 계명으로 지은 이름이 더 어울리긴 했지만 지금 생각해도 참 죄송하다. 사과의 말이 들어가는 이 책을 꼭 부쳐 드려야겠다.(김 집사님, 그리고 언니 정말 죄송합니다. 그때 그 아가들 시집 장가 다 갔죠?)

추억 2

첫 아기 예랑이를 가졌을 때 나는 나쁜 생각을 거의 가져본 적이 없다. 태교를 위함이었다. 날마다 기도하고 찬송 아니면 클래식 음악을 듣고, 예쁜 과일을 먹고, 말씀 묵상을 했다. 그때처럼 지금도 지낸다면 나의 삶이 조금은 더 풍성할 텐데……. 우리 엄마들이 태교하던 시절로 돌아가 선한 생각만 하고 살아야 할 것 같다.

첫아이가 태어난 날 밤, 몸은 무척이나 힘들었지만 나는 '나도 드디어 엄마가 되었구나.' 하는 감격에 단 5분도 잠을 잘 수가 없었다. 먼동이 터오는 순간을 보며 하나님께 감사의 기도를 드리며 "하나님, 이 아기 잘 키우겠습니다." 하고 하나님께 약속했다.

둘째 예술이가 태어날 때는 예정일이 보름 지난 때라 난산을 했다. 의사 선생님이 아기도 산모도 둘 다 위험하다고 했다. 산모에게는 산소마스크가 씌워졌다. 나는 간절히 기도했다. "하나님, 아기를 꼭 살려 주셔야 합니다. 저는 죽어도 괜찮습니다. 우리 아기 꼭 살려 주셔야 합니다."

남편은 산실 밖에서 "하나님, 산모를 꼭 살려 주십시오"라고 기도했다고 한다. 하나님은 우리 부부의 기도를 동시에 들어 주셔서 산모도 아기도 둘 다 살려 주셨다.

그 당시 병원에선 위험한 상황이라 아기가 아들인지 딸인지 관심도 없었고, 아기가 분명 태어났는데 딸인지 아들인지 아무도 말해주지 않았다. 단지 둘 다 무사함을 의료진들이 기뻐했던 것 같다.

그때 내 곁에서 기도해주신 우리 교회 여 전도사님께서 나의 기도를 들으시고 나중에 모성애에 대해서 말씀하셨다. 우리 막내도 그 당시 일을 이야기하면 아직도 눈에 눈물이 글썽인다.

그렇게 생사를 오가며 태어난 아기였는데 둘째 딸이라는 이유에서인지 사람들의 축하를 많이 받지 못했다. 물론 가족들이 모두 축하해주었고, 친정어머니께선 산후조리를 해주러 곧장 오셨지만……

그 당시는 휴대폰도 없던 시절인데 병실로 한 통의 전화가 걸려왔다. 힘들게 겨우 전화를 받으니 "사모님, 득남을 축하드립니다." 하는 거였다. 나는 "축하해 주셔서 감사합니다, 교수님. 득남은 아닙니다. 공주님이에요."라고 대답했다. 남편 직장 동료인 할아버지 교수님께서 정보를 잘못 얻고 아들을 낳은 걸로 착각을 하신 거였다.

그렇게 며칠이 지나고 방문자도 거의 없을 때 진심으로 축하해 준 남편 직장 동료의 사모님의 축하를 잊을 수가 없다. 우리는 나이도 같아서 지금은 친구가 되었다.

6인실 병실의 나머지 다섯 명은 모두 득남을 한 산모들이라서 연일 꽃바구니가 들어오고 계속 축하객이 오는데 나는 죽을 뻔하다가 겨우 살아나서 화장실도 제대로 못가고 계속 천장만 올려다보았다. 퇴원하는 날, 옆 침대 산모가 "아줌마! 저는 꽃바구니가 너무 많은데 하나 가지고 가실래요?" 했다. 나는 극구 사양했다. 나는 단 한 개의 꽃바구니도 받아보지 못했지만 평소에 전시회를 할 때 수도 없이 많이 받지 않는가.

아기를 데리고 퇴원하면서 눈망울이 커서 아주 예쁜 추수감사주일에 태어난 우리 공주님을 바라보며 나는 대한민국에서도 경상남도에 살고 있음을 절감했고, 그때 우리 딸들을 열 아들 부럽지 않게 훌륭하게 키우리라 다짐했었다.

추억 3

내 남편은 공부하는 것이 천직인 사람이다. 늘 계획을 세우고 아이들 방학계획표까지 총천연색으로 만들어 주는 자상한 아빠다. 한 학기를 잘 마무리하고 나면 방학식 하는 날 나는 편지와 함께 아이들에게 수고했다고 조그만 선물을 주곤 했다.

우리 스스로 환상의 콤비 엄마 아빠라 불러 주기도 했다. 아이들이 초등학교 시절 가족이 여행을 가서도 모두 나란히 누워서 영어로 말 잇기를 하다가 잠이 들곤 했다. 우리 여자 셋은 애써 어려운 단어를 이어 가려고 안간힘을 쓰는데 남편은 스펠링 E가 나오면 자꾸 '이마트' 같은 황당하고도 너무 쉬운 단어를 사용하여 아이들로

부터 "아빠는 박사님이 이마트라니……." 하며 아이들에게 묘한 승리감과 자신감을 심어 주었던 것 같다. 그래서 아이들이 지금도 영어를 잘하는 것 같다.

가끔 주부들이 영어를 잘하는 비법을 물어볼 때 이 이야기를 들려주면 조금 의아해 한다.

그렇게 함께 모여 깔깔대던 그 시절이 그립다.

추억 4

막내가 초등학교 저학년 시절, 아마 2학년쯤이었던 것 같다. 금붕어를 사달라고 졸라서 금붕어를 500원 주고 샀다. 그런데 그 금붕어가 하루 만에 세상을 떠나 버렸다.

아이는 엉엉 울고 난리가 났다. 아이는 "너무 슬퍼서 학교에 갈 수가 없다."고 했다. 겨우 달래서 학교를 보내고 나서 나는 차마 그 금붕어를 버릴 수가 없었다. 그다음 날 결국 우리 가족이 금붕어 무덤을 만들어 주기 위해 바깥으로 가서 금붕어 무덤을 만들어 주고 주변의 나뭇가지를 꺾어 십자가를 세워 주었다. 지금 우리 교회 십자가도 나뭇가지로 만든 소박한 십자가인데 그 당시 금붕어 무덤 위 십자가와 매우 흡사하다.

토요일만 되면 금붕어한테 가보자고 조르는 아이로 인해 몇 번은 갔으나 나중에는 방문하지 않았다. 아이의 마음의 상처가 더 커질까 봐.

추억 5

기독교 상담학교를 잠시 다닌 적이 있다. 여러 마음의 정리가 필요하고 자녀교육 프로그램도 있다 하여 간 것이다. 그 당시 김성옥 소장님의 그 멋진 특강을 나는 지금도 잊을 수가 없다. 그분은 지금도 내가 마음이 힘들 때마다 생각나고 언제든지 기도 부탁을 드리면 열 일 제치고 나의 어려움을 두고 기도하실 고마우신 분이시다. 그 당시에도 언제나 환한 미소로 맞이해 주시고 "사랑합니다." 말씀 하시던 소녀 같은 분이시다. 그러니 아프던 마음이 몇 주 지나니 다시금 환해졌다.

'자존감'에 관한 좋은 기독 서적을 읽고 독후감을 적어가는 숙제를 밤이 늦도록 했던 것 같다. 어떤 날은 소파에서 책을 얼굴에 덮고 잠이 든 적도 있다. 막내가 "엄마, 자존심 책 그만 보고 바로 주무세요." 하길래 내가 "응, 그래. 엄마가 숙제를 덜해서 그래." 했더니 막내가 "엄마는 숙제를 낮에 미리미리 해야죠." 하는 거였다.

아이쿠! 한 방 맞았다. 아이는 자존감을 자존심으로 이야기했었다. 나이가 들어가는 요즘 자존감은 어디론가 사라져 버리고 자존심만 남아 있는 자신의 못난 모습을 본다. 자존감을 찾기 위해 다시 상담학교를 찾아야겠다.

추억 6

큰딸이 유치원 다니던 시절, 유치원에서 학부모들을 모시기 전 교실을 예쁘게 꾸미려고 아이들에게 그림도 그리게 하고 꿈을 적으라고 했던 모양이다. 우리 딸은 장래 희망란에 '아줌마'라고 기입을 했다. 다른 친구들은 '대통령' 혹은 '교사' 혹은 '간호사'를 적었는데 우리 애만 '아줌마'라고 적었다. 선생님이 두세 번 물었으나 여전히 '아줌마'라고 했다. 그래서 엄마들이 그걸 보고 막 웃었던 것을 기억한다.

나는 우리 아이의 그 솔직함과 순수함 혹은 특이한 꿈을 높이 평가하고 싶다. 그런데 지금 우리 딸은 평범한 아줌마의 길보다는 글로벌 인재를 꿈꾸며 열공 중이다.

추억 7

큰딸의 중학 시절 이야기다. 중간고사를 치르던 날, 아이가 학교에 가고 나서 방 청소를 하려는데 손목시계가 책상 위에 놓여 있었다.

'아이쿠! 이 일을 어쩌나. 시계 없으면 안 될 텐데.' 하며 시계를 들고 막 뛰어 바로 학교로 갔다. 학교에 도착해 교무실 문을 열고 '몇 반 교실이 어디죠?' 물어보고 또 뛰었다.

교실 앞문을 열었더니 학생들이 동시에 쳐다보는데 우리 아이 얼굴이 안 보였다. 하는 수 없이 아이 이름을 불렀다. 우리 애는 멋쩍어하

며 얼른 나와 들어가려고 했다. 무언가 한마디 해준다는 게 그만 "잘
자." 하고 말았다. 나는 분명 "시험 잘 쳐." 한다는 것이 시험 전날 거의
한숨도 자지 않은 아이가 안쓰러워 그리고 평소에도 잠을 잘 안 자니
"엄마, 이제 그만 잘래요." 하면 반가워 "굿나잇" 하던 습관으로 곧 시
험 칠 아이에게 그만 "잘 자." 외쳐버린 것이다. 반 아이들이 하하하 하
고 한바탕 웃고는 종이 울리고 바로 시험이 시작되었다.

나는 무슨 옷을 입고 갔는지 신발은 제대로 신고 갔는지 아직 기
억이 없다. 오로지 아이 시험만 생각한 것이다. 그게 바로 엄마의
마음이 아닐까? 첫 시간 시험을 마친 후 친구들이 "너네 엄마 직업
이 무어야?" 질문을 하고 난리였다고 한다. 그러고는 한창 긴장하던
순간에 한바탕 웃었으니 자기들 반 평균이 올라갔을 거라고 했다.
우리 딸은 좀 창피했지만 "우리 엄마 예술가" 직업은 제대로 잘 이야
기해 준 것 같았다.

추억 8

나는 중학교, 고등학교, 대학교, 모두 기독교 학교를 졸업했다. 이
사실 역시 크나큰 감사 제목이다.

그리고 돌이켜보면 담임선생님들이 모두 훌륭하신 분들이었다. 나
처럼 담임 복이 많은 사람도 드물 것이다. 어떤 때는 장로님, 어떤
때는 집사님. 고등학교 시절, 유금종 교장 선생님은 내가 출석하는

교회의 목사님 사모님이셨다.

우리 교회 집사님들이 우리 학교에 많이 근무하셨기에 복도에서도 "집사님!" 하고 인사를 드리면 "그래. 잘하고 있지? 파이팅!" 하시며 격려를 해주셨다. 교장 선생님도 항상 웃으시며 나의 인사를 언제나 잘 받아주시며 아직도 나의 든든한 마음의 지원자이시다. 그분은 여성 지도자로서 나의 존경의 대상이었다.

대학 시절 역시 여자 총장님이셨다. 그 시절에도 나는 늘 영향력 있는 여성 지도자를 마음속으로 꿈꾸었다. 내가 비록 기독교 가정에서 태어나지 않았지만 기독교 학교를 통해 그 기독교 정신이 고스란히 전수되었고 훌륭하신 기독교인 교사들을 통하여 나는 행복한 교육을 받은 하나님의 축복을 누린 사람이다.

진학을 앞둔 중3 때 담임선생님도 장로님이셨고, 고3 때 담임선생님도 장로님이셨다. 그래서 종례시간에도 가끔 성경 구절을 읽어 주셨고 희망을 잃지 말라고 늘 강조하셨던 말씀이 생각난다.

사느라 바빠서 일일이 찾아뵙지는 못하지만 지면을 빌려 선생님들 모두께 감사의 인사를 드리고 싶다. 그리고 이 땅에 기독교 학교들이 많이 세워지기를 기도하는 마음이다.

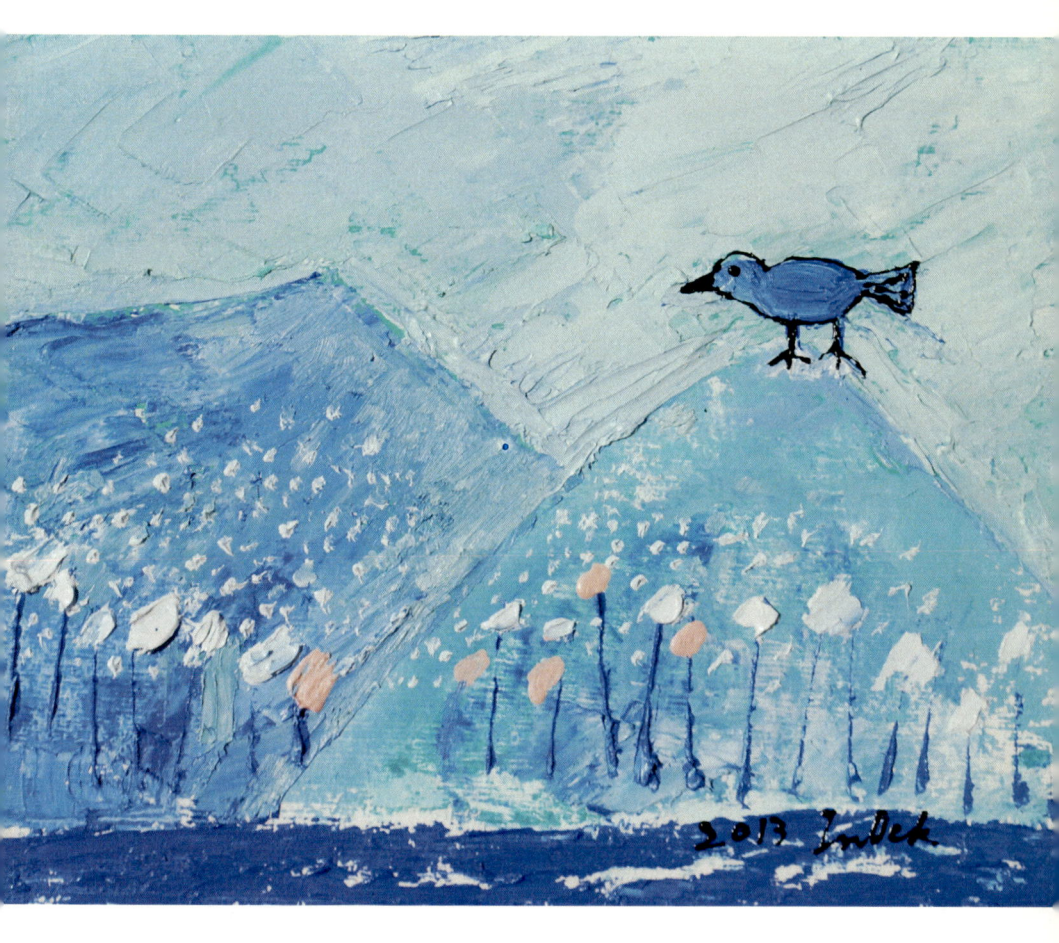

〈봄을 노래하는 파랑새, 32x 24cm, oil on Canvas〉

친구

나에게는 귀한 친구가 여럿 있으니 어떻게 보면 부자이다. 대부분 서울에 살고 있기에 몇 년에 한 번 단체 모임이나 교회의 행사에서나 만나는 친구도 있지만, 자주 만나지는 못해도 마음속에 늘 있는 진짜 좋은 친구를 두고 있다. 대학 동기들도 얼마 전 27년 만에 만났다. 아이들 키우며 바쁘게 사느라 그 많은 세월이 흘러 버렸다. 그 만남 이후 그 반가운 마음들을 이어 가느라 최근 카톡방이 개설되어 우리 아줌마들의 소소한 일상을 나누게 되어 새로운 기쁨을 나누고 있다. 서로에게 얼마나 큰 위안이 되는지 모른다.

중년의 기쁨과 슬픔을 함께하는 친구들이 있어 참으로 감사하다.

얼마 전 페이스북을 개설하니 '친구요청-수락'이 있다. 그래서 요즘 고민 중이다. 오바마 대통령 혹은 저명인사를 친구 수락해도 되는지. 왜 페이스북에는 '스승요청, 수락'이라는 난이 없고 모두 '친구'로 통일시켰을까? 넓은 의미에서 우리는 많은 이와 친구가 될 수 있을까?

내 마음의 고향 뉴헤이븐 한인교회(길지 않은 미국 생활에서 나는 이 교회를 통해 영적 회복을 경험했다. 늘 예배가 은혜가 넘치는 건강한 교회이다.) 의 권사님들 소식도 페북을 통해 전해 들을 수 있고, 우리 딸들도 어린 시절 미국 친구들도 페북을 통해 만날 수 있어 좋다고 했다. 이 넓은 의미의 친구 말고 나는 소수의 참된 친구를 갖고 있다.

이런 나이에도 나와 나이가 같다고 친구가 된 우강 엄마, 그리고 멀리 살고 있어 자주 만나지 못해도 카톡으로 소식을 주고받으며 좋은 일이나 궂은 일이 있을 때 서로 챙겨주는 선이 엄마. 얼마나 고마운지.

대학 동기들 중 친하게 지냈던 친구들을 일 년 전에 만났는데도 아직도 그 만남의 기쁨이 남아 있다. 혜영이(우리는 마치 고등학생 같은 우정을 갖고 있다.), 순미, 정하, 춘원이, 졸업 후 오랜만에 만났는데도 학창시절의 순수함을 그대로 간직하고 있는 이경미, 정경미, 은정이, 미선이, 현주, 영란이, 홍식이…… (너무 많아 다 쓸 수가 없네.) 모두모두 얼마나 근사한 중년이 되었는지…….

대학 시절, 우리는 여대였기에 도시락을 싸가지고 가서 잔디밭에 앉아 함께 점심을 먹었다. 물감이 묻은 새까만 손을 보며 어떤 날은 얼굴 한쪽에 묻은 물감을 일부러 말해 주지도 않고 킥킥거리기도 하며 여고생 같은 대학 시절을 보냈다.

그 시절 그 친구들과 아직도 소식들을 주고받음이 너무도 감사하다. 내 친구라서 그런 게 아니라 다들 아이들도 잘 키우고 좋은 아내들로 잘 살아가고 있어서 너무 대견하다.

그리고 힘든 이야기를 잘 들어주고 변호사처럼 해결책도 내려주는 정해. 그리고 잘한 일이 있을 때 함께 기뻐해주는 진주에서 함께 긴 세월을 보낸 언니 같은 선배님들. 그리고 마음이 따스한 후배들.

초등학교 동기들은 모습이 너무 바뀌어서, 서로 못 알아보기도 하지만 코 흘리던 초등시절을 함께 했다고 생각하면 이내 초등학생의 마음으로 돌아간다.

대학 시절의 교회 생활 역시 잊을 수가 없다. 서문교회. 나는 그곳에서 시간을 많이 보냈다. 학교의 MT는 가지 못해도 교회의 수련회는 빠지지 않았다.

4년간 받은 성경 공부 훈련과 QT 훈련. 그 덕분에 지금도 날마다 말씀을 읽게 되는 것 같다. 교회 동문들의 소식을 가끔 전해 듣는데 목사님 혹은 선교사가 된 동기와 선후배도 많고 교수가 된 분들도 많다.

13대 선배님이신 최승락 목사님의 최근 저서 〈하물며 진리〉는 이 시대 선지자라 할 수 있는 훌륭한 목사님의 생명력 있는 말씀이다.

그중에서도 특히 선교사가 된 경희 선교사는 자랑스러운 친구이다.

경인이 역시 자주 만나지는 못해도 교회를 잘 섬기고 있는 귀한 하나님 나라 일꾼이다. 그 외에 서문교회에서 함께 웃고 울었던 14대의 너무도 귀한 형제자매들(경희, 경인, 선옥…… 선옥이는 고교후배라고 아직도 어려워하지만 우리는 친구란다. 고마운 친구 선옥, 그리고 동령, 창희, 선윤, 재화, 영호, 정근, 석범, 창헌형제 등)나는 그 친구들의 깊은 신앙심을 아직도 기억하며 본받고 싶다. 그 당시 200명 정도의 서문교회 동문들은 늘 열심히 기도와 말씀에 힘쓰며 젊음의 대부분의 시간을 신앙훈련에 투자했었다.

또 비록 멀리 미국에 있지만 늘 소꿉친구로 마음에 있는 정미, 이렇듯 좋은 많은 친구가 있으니 실로 나는 부자이다.

혜조는 비록 나보다 나이는 어리지만 언제나 든든한 나의 후원자다. 나의 어려운 이야기를 웃으며 잘도 들어주며 한 번씩 건강에 대한 염려를 해주기도 한다. 또한 유익한 정보 등을 제공해 주고 나의 삶과 그림을 무척이나 아껴주는 정말 고마운 후배이자 친구다.

그리고 상담소에서 헌신하는 의젓한 후배 춘원이, 목사님 사모님으로 사랑을 베풀며 훌륭하게 살아가고 있는 성주, 씩씩하게 미국 대학의 교수님으로 멋지게 살아가고 있는 성희, 그리고 병진교수, 병연교수, 봉원, 창설 목사님, 혜영 선교사, 영연후배 등 어떤 의미에선 나이와 상관없이 훌륭한 인격을 갖춘 이들을 나는 친구라 부르고 싶다. 형제들은 개인으로는 연락이 닿지 않아도 가끔 뉴스를 통해 보기도 한다.

'늘 건강히 잘 있겠지. 훌륭한 친구들, 동문들' 하며 지내는데 최근 들어 아픈 친구들이 있다. 이제 우리도 나이 들어가나 보다. 마음이 참 착한 친구들인데 많이 아프다고 하니 내 마음이 많이 아프다.

멀리 남쪽 지방에 이리 살고 있다는 핑계로 그리 많이 아프다는데도 병문안도 못 가고 지낸다. 그저 멀리서 기도할 뿐이다.

"하나님! 그렇게도 착하게 살아온 귀한 내 친구들, 병으로 힘들게 마시고 하루 속히 깨끗이 낫게 해 주세요. 아직은 너무 젊지 않습니까? 속히 회복되게 하셔서 또 하나님 나라 위해 열심히 뛰게 하셔야 지요. 그들이 너무 열심히 살아서입니까? 그들이 하나님을 위해 얼마나 열심히 일했습니까? 얼마나 많이 기도했습니까? 하나님! 투병 기간이 더 나은 미래를 위한 훈련의 시간만 될 수 있도록 그들을 회복시켜 주십시오."

가을이 오기도 전에 겨울이 이미 와버린 것 같은 올겨울. 친구들의 아픈 소식과 부모님의 병환은 나의 마음을 너무도 춥게 한다. 마음이 많이 아프다.

(작년에 위의 글까지 썼는데 염려했던 아버지도, 아프던 친구도 둘 다 이제는 고인이 되었다.

대학시절 같은 교회에서 함께 신앙생활하며 특히나 우리 형제, 자매를 위해 그렇게도 열심히 기도하며 헌신했던 우리 학년의 회장을 먼저 하늘나라로 떠나보낸 친구들은 너무도 슬픈 가을을 보내며 추운 겨울을 맞이하고 있다. 아버지를 떠나보낸 어머니를 비롯한 우리 친정식구들도……

그렇게도 착한 이들, 아버지도 친구도…… 그들은 떠나가고 나 같은 사람이 살아있음이 미안하기만 하다.

천국에 있는 그들은 아무런 말이 없고 살아남은 우리의 아픔과 슬픔은 너무도 크다. 유가족들이 헤쳐가야 할 어려움과 이 땅에서 극복해야 할 짐이 너무 무겁지 않기를 기도한다.)

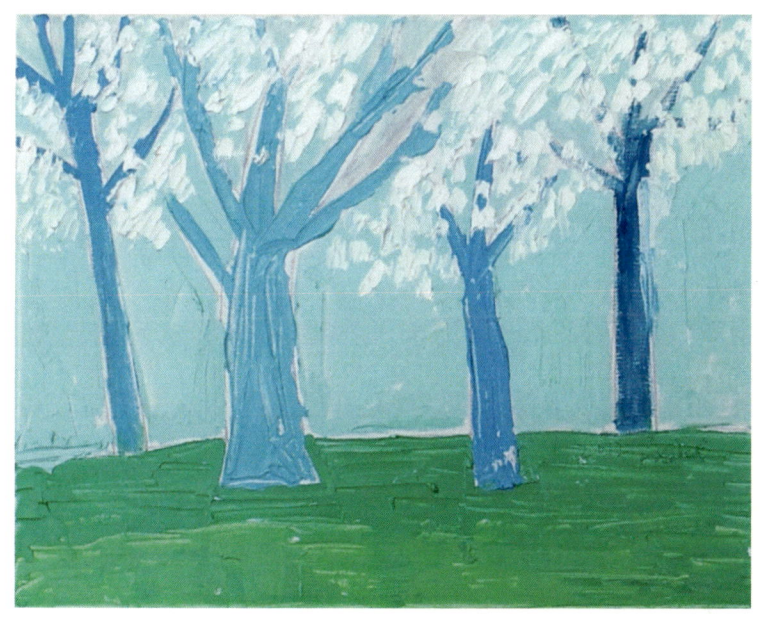

〈눈꽃, 2012, Oil on Canvas, 6호〉

나그네

우리 인생은 어차피 나그네 인생이다. 많은 사람들이 더 많이 가지려 하고 더 많이 벌기 위해 노력하지만 우리가 만약 갑자기 생을 마감한다면 천국에 갈 때 가지고 갈 수 있는 것은 아무것도 없다. 나는 거창한 물건, 비싼 물건에는 관심이 없지만 잔잔한 물건, 천 원짜리 물건, 예를 들어 '다이소'에서 파는 물건들은 아주 좋아한다.(천국에 갈 때 그 소품들도 물론 가져갈 수 없는데······.)

이 세상에는 돈을 주고 살 수 있는 물건들이 아주 많지만 돈을 주고도 살 수 없는 것이 많이 있다. 예를 들어 '마음'은 돈을 주고도 살 수가 없다. 정성과 사랑을 다할 때 좋은 마음으로 돌려받을 수는 있지만(그것도 물론 힘들지만) 상한 마음을 소금과 같이 고르게 하기란 정말 힘든 것 같다.

천국에 갈 때 혹시 가져갈 수 있는 게 '마음'이라면 나는 고마운 마음, 사랑하는 마음, 복잡한 세상에서 그래도 가끔은 갖게 되는 잔잔한 평화로운 마음을 지닌 채 천국에 가고 싶다.

또한 이 땅에서 나그네 삶을 살면서도 각박하고 조급한 마음대신 고마운 마음 사랑의 마음 평화의 마음을 지니고 살고 싶다. 복잡한 서울 땅에서는 갖기 힘든 시골스러운 마음을 말이다.

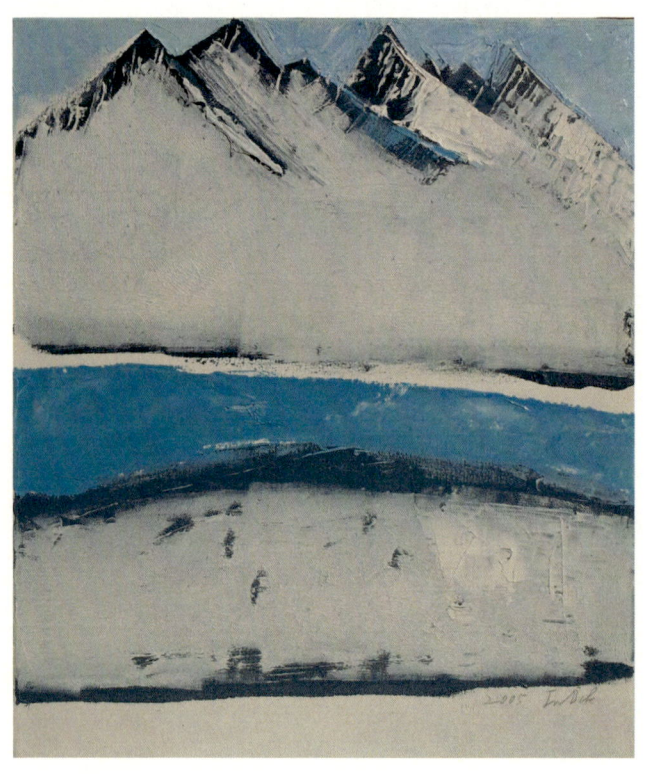

〈외로운 길 그러나 가야 할 길 II, 2005, Oil on Canvas, 10호〉

사랑하는 딸을 위한 기도

나는 매일 아침 한국 오늘의 양식사에서 발행되는 『오늘의 양식』이라는 소책자를 읽는다. 왼쪽 페이지에는 영어로 되어 있고, 오른쪽에는 우리말로 성경 구절과 함께 멋진 예화들이 실려 있다.

몇 년 전에는 『매일 성경』을 가지고 말씀을 묵상했는데 요즘은 『오늘의 양식』이 부담 없다. 때로는 차 안에서도 잠시 말씀을 묵상할 수 있고, 때로는 수업 전 수강생들을 기다리면서도 묵상할 수 있고, 때로는 은행이나 병원에서 순서를 기다리다가도 말씀을 묵상할 수 있기에 거의 말씀 묵상을 놓치는 경우는 없다. 말 그대로 '오늘의 양식'이다. 매일매일 밥을 먹듯이 영의 양식을 먹는다.

대학 시절, 큐티 훈련을 받고 20대부터 지금까지 30년 세월동안 거의 매일 이렇게 말씀을 묵상하며 살 수 있음이 감사로 이 가을에 다가온다. 때로는 기쁨의 말씀으로, 때로는 위로의 말씀으로, 때로는 소망의 말씀으로, 나에게 기쁨이 되고 나에게 위로가 되고 나에게 소망이 된다.

거의 매일 대하는 이 소책자 외에 또 즐겨 읽는 소책자가 있다. 크리스천 리더에서 출판된 『사랑하는 딸을 위한 행복한 기도』라는 책이다. 이 책 역시 딸을 둘씩 키우고 있는 나와 같은 엄마에게는 몹시도 유익하게 여겨지는 책이다. 이 책에는 다음과 같은 내용이 나온다.

'사랑하는 딸을 주심을 감사합니다.'

'질병과 위험에서 지켜 주옵소서.'

'지혜와 총명과 뛰어난 지능을 주셔서 공부도 잘하게 하옵소서.'

'하나님과 이웃에게 사랑받는 딸이 되게 하옵소서.'

'기도와 찬송과 예배를 쉬지 않는 딸이 되게 하옵소서.'

'하나님이 귀하게 쓰시는 그릇이 되게 하옵소서.'

'음란한 세대에서 순결한 신부가 되게 하소서.'

'하나님의 세미한 음성을 듣게 하소서.'

'복에 복을 더하사 지경을 넓혀 주시고 환난을 벗어나 근심이 없게 하옵소서.'

'진로를 열어 주시고 딸의 가는 길을 축복하옵소서.'

'좋은 친구를 만나게 하시고 친구들에게 좋은 영향을 끼치는 딸이 되게 하소서.'

'주신 재능을 개발하게 하시고 주의 영광을 위해서 활용하게 하옵소서.'

'순산의 은혜를 주옵소서.'

'좋은 어머니가 되게 하소서.'

'늙어서도 존경받는 딸이 되게 하옵소서.'

이 외에도 딸의 평생을 두고 해도 못다 할 딸을 위한 기도가 끝도 없이 나온다.

나는 학부모 모임에도 거의 가지 않고 요즘의 젊은 학구열 높은 엄마들에 비하면 아무런 정보도 없고, 때로는 시대에 처지는 엄마다. 그러나 우리 딸들이 시험을 치르는 날에는 맛있는 밥은 물론이고 시험이 시작되는 시간에 실수하지 말고 잘하기를 위해 기도한다. 시험을 마치고 오면 열 일 제치고 대기하고 있는 편이다. "우리 딸 고생했다."고 말해주고 격려해주어야 하기 때문이다.

큰딸을 보며 이미 기도 응답 받은 부분이 많음을 보고 감사한다. 위에 열거되었던 기도들, 단지 공부만 잘하는 사람만 되면 안 되겠기에 모든 면을 두고 엄마는 쉬지 않고 기도해야 한다. 공부도 열심히 잘하되 겸손하게 하소서, 신앙심 깊은 딸이 되게 하소서, 큰 꿈을 갖고 자신 있게 꿈을 펼쳐가게 하소서, 등등 늘 쉬지 않고 기도해 온 결과 공부도 열심히 잘해 왔고 남을 배려할 줄 아는 따스한 마음을 지닌 대학생이 되었다.

아직은 고교 시절을 보내고 있는 막내딸을 위해서도 물론 기도하고 있다. 아직은 무슨 대학 합격이라는 결과가 없지만 그 아이가 가지고 있는 창의성과 따뜻한 마음과 친구들 사이에서 발휘되는 리더십과 인기가 언젠가는 귀하게 쓰이리라 믿는다.

큰딸은 멀리 있기에 조금 더 많이 기도하게 된다. '고난을 면하고 이기게 하옵소서.'라는 기도는 항상 하게 되는 기도이다.

내가 비록 우리 딸들의 친구 엄마들보다 예쁘지도 않고, 커리어 우먼도 아니며, 날씬하지도 않고, 젊지도 않고, 정보에도 어두운 엄마일지라도 나는 우리 딸들이 하나님께 귀하게 쓰임을 받는 귀한 일꾼이 되는 그날까지, 아니 결혼을 해서도 좋은 아내, 훌륭한 엄마가 되기 위해서도 우리 딸들의 평생을 두고 열심히 기도하는 엄마로 살아갈 것이고, 그런 훌륭한 엄마가 되고 싶다.

이 기도는 우리 아이의 삶을 두고 하는 기도이기에 그 어떤 기도보다 더 힘찬 기도이고 진실한 기도이고 헌신의 기도이고 행복한 기도이다. 엄마의 기도를 날마다 먹고 자라는 아이는 잘 자랄 것이다. 그리고 자신들도 미래에 자녀를 위해 열심히 기도하는 엄마가 될 것이다.

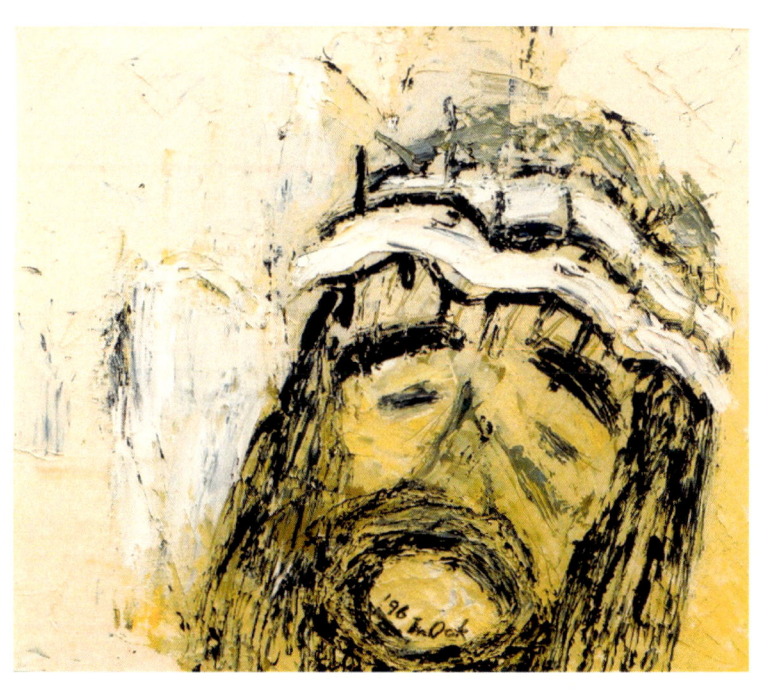

〈다함이 없는 사랑, 1996, Oil on Canvas, 10호〉

한 마리 새가 되어

우리 인생은 나그네 삶이다. 내 집이라고 열심히 쓸고 닦아도, 그 안에 내가 좋아하는 물건들이 아무리 많이 있어도, 만약 내일 주님 이 부르신다면 빈손으로 가야 한다.

짐을 조금 무겁게 잘 들고 다니는 나로선 천국행 기차를 탈 때는 비로소 가볍게 갈 수 있겠구나, 하는 생각이 든다. 그러나 짐은 비 록 가볍다 하더라도 마음의 짐이 무겁다면 편안하게 가지 못할 것이 다. 욕심과 미움과 미련 등을 다 버리고 가야 한다. 이 땅에서 갖고 싶었던 직업. 가족과의 알콩달콩한 삶들. 내 마음과 너무나 다르다 고 잠시나마 미워했던 이들. 참회하는 마음으로 용서를 구하고 싶 다. 용서하며 용서받으며……. 그러고는 가벼운 깃털만 가지고 날아 가는 한 마리 새처럼 가볍게 날고 싶다.

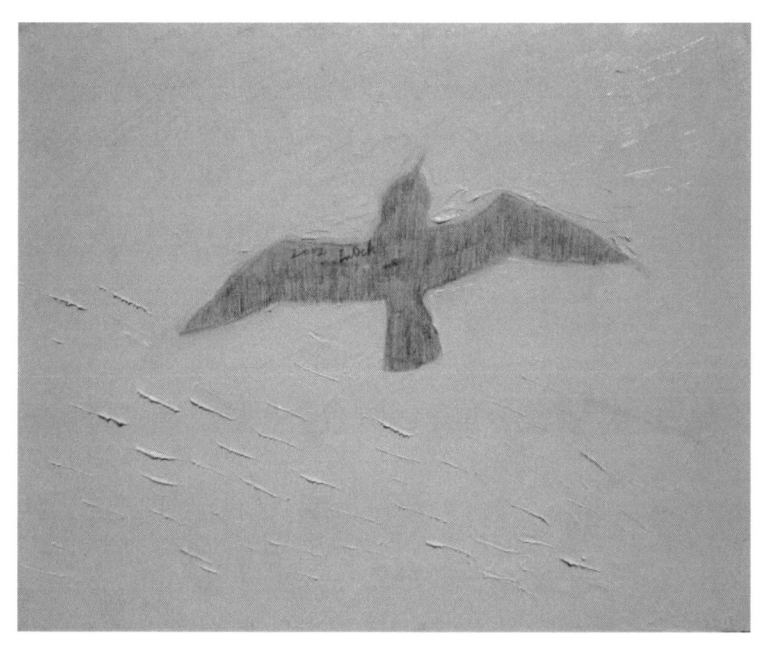

〈한 마리 새가 되어, 2002, 혼합재료, 10호〉

천국 가는 배

처음에는 배 한 척을 턱 그려 놓고 그 위에 책도 잔뜩 싣고(성경, 찬송도) 예쁜 찻잔도 싣고 천국에 가서도 그림을 그리겠노라고 물감, 팔레트, 캔버스, 붓 등 화구도 실었다.

어느 날 아침, 말씀을 보다가 문득 갑자기 천국에 가게 된다면 이 많은 물건 중 그 아무것도 가져갈 수가 없음을 깨닫게 되었다. 그래서 그 물건들 위를 눈이 덮인 배로 만들기 위해 하얀 물감으로 온통 하얗게 칠했다. 그러고는 배 한 귀퉁이에 "수고하고 무거운 짐 진 자들아, 다 내게로 오라. 내가 너희를 쉬게 하리라."라는 성경 구절만 적게 되었다.

그렇다. 어느 날 갑자기 천국에 가게 된다면 사랑하는 가족과 이별의 인사도 없이 갈지도 모른다. 그러기에 하루하루 감사하며 살아야 되는 것 같다. 원망의 말 대신 좋은 말들을 서로에게 하고 살아야 하는 것 같다.

과연 나는 천국 가는 배를 탈 준비가 되어 있는가?

천국 가는 준비를 잘하며 살아야겠다.

사랑하며 살아야겠다.

감사하며 살아야겠다.

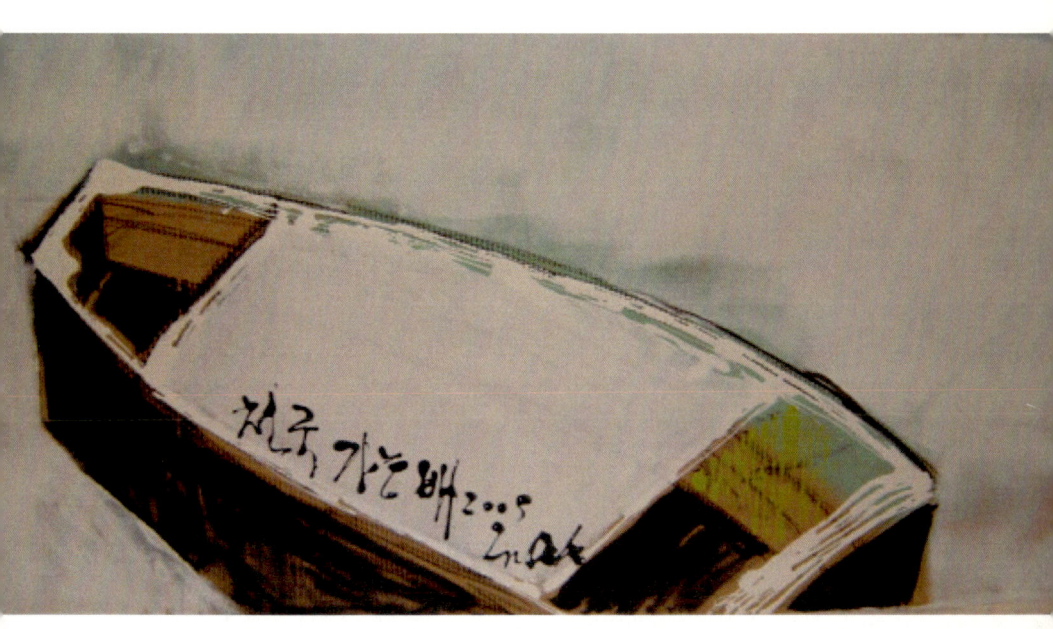

〈천국 가는 배, 2005, 종이 박스 위에 혼합재료, 90x45cm〉

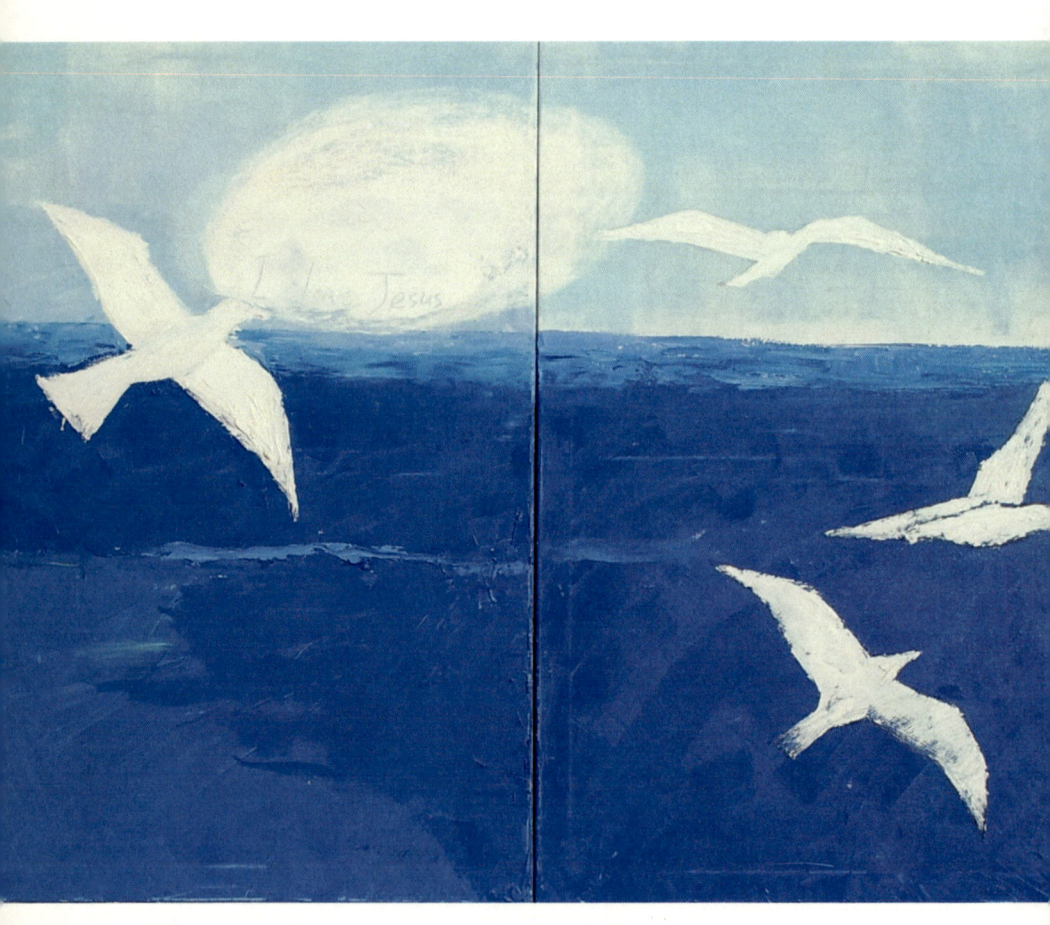

〈I love Jesus, 2005, Oil on Canvas, 50호〉

"여호와는 나의 목자시니 내게 부족함이 없으리로다. 그가 나를 푸른 풀밭에 누이시며 쉴 만한 물 가로 인도하시는도다. 내 영혼을 소생시키시고 자기 이름을 위하여 의의 길로 인도하시는도다. 내가 사망의 음침한 골짜기로 다닐지라도 해를 두려워하지 않을 것은 주께서 나와 함께하심이라. 주의 지팡이와 막대기가 나를 안위하시나이다. 주께서 내 원수의 목전에서 내게 상을 차려 주시고 기름을 내 머리에 부으셨으니 내 잔이 넘치나이다. 내 평생에 선하심과 인자하심이 반드시 나를 따르리니 내가 여호와의 집에 영원히 살리로다."

(시편 23편 1~6절)